안
개

안개

김승옥 각본

스타북스

한국영화를 사랑하고 공부하는 이들에게
소중한 길라잡이가 되기를

그동안 서재에 묻혀 있던 김승옥 선생의 시나리오들이 이번 책 발간을 계기로 차례차례 빛을 보게 된다는 반가운 소식이 내게 들려왔다.

1960년대에 이른바 '감수성의 혁명'을 일으키며 혜성처럼 문단에 등장한 김승옥 선생은 주옥같은 여러 편의 소설을 발표하신 작가이기도 하지만 시사만화가, 수채화가로도 활약하셨던 분이다. 그런데 그에 못지않게 특히 영화계에 남긴 자취 또한 만만치 않았다.

1966년, 본인의 작품 「무진기행」을 각색한 영화 〈안개〉의 시나리오 집필을 필두로 1980년대 후반까지 1편의 감독과 15편의 오리지널 시나리오와 각색 작품들을 남겼는데, 대부분의 영화들이 스토리 구성이나 전개, 그리고 전달하고자 하는 메시지 선택이 지금 봐도 크게 감탄을 자아낸다.

특히 오리지널 시나리오인 김기영 감독의 〈충녀〉는 윤여정 배우가 최근 아카데미 여우주연상을 받으면서 다시금 회자되기도 했고, 또한 오리지널 시나리오인 〈도시로 간 처녀〉는 당시 심심찮게 거론되던 시내버스 여자 차장들의 대우와 인권 문제, 버스회사의 상습적인 횡포 등을 과감하게 고발함으로써 '상영 중단-재편집-재상영'이라는 전례 없는 화제를 뿌리기도 했다.

아무쪼록 이 시나리오 전집이 한국영화를 사랑하고 공부하는 이들에게 소중한 길라잡이가 되기를 희망한다.

영화감독 김한민

반 수면상태인 생의 내면을 그린 장소 감각의 문학
장소의 미학을 최대한 살린 한국 소설 특이작

…인물이나 사건이 아니라 "무진"이라는 장소의 "이미저리"
속으로 미끄러져 들어가 반 수면상태 속에 빠지게 하는 "무
진"의 바닷바람, 사람들을 멀리 떼어놓는 "무진"의 안개에서
…답답함, 쓸쓸함, 그리고 헤어 나오기 어려운 침체한 그 장
소 속으로 우리는 말려 들어가고 … 「무진기행」은 장소의 문
학으로 인간을 에워싸고 있는 후덥지근한 수면적인 생의 내
면적 상태인 '지도의 문학'인 것이다. 시인 李箱은 그것을 '볕
이 드는 아내의 방'과 '볕이 안 드는 자기의 방'으로 구별한
다. 그러나 김승옥은 "방"보다 훨씬 넓고 큰 한 지방의 장소
로서 보다 여실히 그려내고 있다.

…일상적인 생활이 난파할 때, 때때로 우리는 그 장소로 간다. 즐거운 듯한, 쓸쓸한, 그리고 무의식의 내면 속에서 "무진"의 안개는 피어오르는 것이다.

이어령
(「무진기행」 평론 중에서)

〈안개〉 각본 표지

소설가의 첫 각색 작품 〈안개〉

소설을 쓰는 동안 등장인물들의 움직임 하나하나가 머릿속에 동영상으로 떠오르기에 소설을 영화로 각색하는 작업이 최소한 나에게는 그리 낯선 일이 아니었다. 「무진기행」을 영화로 만들자는 제안을 받았을 때도 역시 윤기준과 하인숙 등 인물들의 동선과 배경, 영상은 즉시 머리에 떠올랐다. 어쩌면 글로 다 설명하지 못한 아쉬움을 몇 컷의 영상으로 깔끔하게 표현할 수 있으리라는 기대도 있었다.

〈안개〉는 영화작업을 한 번도 해보지 않은, 소설가로서의 첫 번째 각색 작업이었기에 감독을 비롯한 전문 영화인들이 보기에 시나리오로서는 다소 기대에 미흡한 부분이 있었을 것

임에도 김수용 감독을 비롯한 제작자, 조감독 등 스탭 어느 누구도 작품에 대한 의견을 말하는 사람은 없었다. 어쩌면 원작자에 대한 예의랄까 또는 소설로서 원작이 받았던 호평에 버금가는 '훌륭한 시나리오'가 나오리라는 기대감 때문에 그랬는지도 모른다.

복잡하고 지루하고 어수선한 촬영 현장에서의 고된 작업이 끝나고 일차 편집을 거쳐 성우 및 효과음 녹음이 진행될 때까지도 영화의 전체적인 윤곽을 한눈에 파악하기는 쉽지 않았다. 원작자나 각색자의 의도가 어떻든 어차피 영화는 필연적으로 감독의 작품이기 때문에 촬영기간뿐 아니라 후속작업을 하는 중에도 감독의 의중에 따라 대본은 얼마든지 바뀔 수 있었다. 원작자는 문학성에 비중을 두지만 감독은 흥행성에 더 비중을 두기 때문이다.

1967년 어느 날 이봉조 선생이 전화로 들려주는 색소폰 연주를 들으며 떠오르는 느낌으로 써 내려간 주제가 〈안개〉의 가사 중 내가 써준 마지막 부분의 가사는 "안개 속에 눈을 떠라 내 여인아 눈물을 감추어라"였는데 완성된 노래를 들어보니 '내 여인아'를 빼고 "안개 속에 눈을 떠라 눈물을 감추어라"로 바뀌어 있었다. 다른 부분은 다 그대로인데 그 부분만 바뀐 것은 아마도 가수가 부르기 편하게 이봉조 선생이 손을 댄 것으로 보인다. 그런데 당시에는 별 신경을 쓰지 않고 지나갔는데 요즘 영화 〈헤어질 결심〉을 계기로 다시 인기를 얻고 있는 노래의 작사자를 우연히 보니 내가 아닌 다른 사람의 이름으로 돼 있는게 아닌가. 수소문해보니 전에 방송사에 계시던 분이라는데 이미 고인이 됐다고 한다 이봉조 선생도 고인이 된 마당에 어떻게 해서 작사가의 이름이 바뀌었는지 알아 볼 길이 없어진 게 못내 아쉽다.

김승옥

차례

윤기준 (서울 ○○제약회사 상무)

하인숙 (무진중학교 음악교사)

조한수 (무진세무서 서장)

박선생 (무진중학교 국어교사)

김씨 (윤기준의 이모)

김주사 (윤기준의 외삼촌)

강마담 (다방 마담)

김치선 (온성약국 주인)

장씨 (윤기준의 외숙모)

꼬마 (벙어리 아이)

신문사 지국원 가

신문사 지국원 나

신문사 지국원 다
세무서 직원 가
세무서 직원 나
세무서 직원 다
형사 가
형사 나
순경 가
순경 나
웨이타 가
웨이타 나
안경점 주인
약방 점원
다방 종업원
설탕뽑기 장사
강냉이 장사
우체국 직원들
농사 지도원들
학생들
운전수들
차장들
중년 부인들
농부들

시골 아주머니들
술꾼들
행인들
동리 사람들
동리 아이들

*N : Narration 해설
*E : Effect 음향효과

1 ──── 시골길 (낮)

도망치듯 시골의 자갈길을 달리고 있는 버스에서 내다보이는 풍경이 주마등처럼 가로수와 논 밭 등을 뒤로 보내며 휙휙 지나간다.

산 틈으로 지저분한 바다가 보인다. 이때 휙 지나가는 이정표 〈무진 10킬로미터 Mujin 10km〉

길가의 잡초 속에서 튀어 나와 있다. 다시 시작되는 풍경들. 저 앞에 터널이 보인다.

농사 지도원인 듯한 말투의 사나이들 소리가 들린다. 들리는 소리가 어렴풋하여 듣는 이가 반 수면 상태에 있음을 나타낸다.

사나이 1 (E) 이젠 다 왔군요.

사나이 2 (E) 예, 한 삼십분 후엔 도착할 겝니다.

사나이 1 (E) 무진에 명산물이 뭐 별로 없지요?

사나이 2 (E) 별 게 없죠. 그러면서도 그렇게 많은 사람들이 살고 있다는 건 좀 이상스럽거든요.

사나이 1 (E) 바다가 가까이 있으니 항구로 발전할 수도 있었을 텐데요?

사나이 2 (E) 가보시면 아시겠지만 그럴 조건이 되어 있는 것도 아닙니다. 수심이 얕은 데다가 그런 얕은 바다를 몇 십리나 밖으로 나가야만 비로소 수평선이 보이는 진짜 바다다운 바다가 나오는 곳이니까요.

사나이 1 (E) 그럼 역시 농촌이군요.

사나이 2 (E) 그렇지만 이렇다 할 들판이 있는 것도 아닙니다.

사나이 1 (E) 그럼 그 오륙 만이 되는 인구가 어떻게들 살아 가나요?

사나이 2 (E) 그러니까 '그럭저럭'이란 말이 있는 게 아닙니까? 하하.

사나이 1 (E) 원, 아무리 그렇지만 한 고장에 명산물 하나쯤은 있어야지…

2 ——— 터널 속 (낮)

화면은 새까맣다. 어느새 터널 속이다. 보인다면 흙먼지

가 안개처럼 어른거리는 게 조금.

윤의 소리(E) 명산물… 무진의 명산물. 나는 그것이 무엇인지 알고 있다. 그것은 안개다. 잠자리에서 일어나 밖으로 나오면 밤 사이에 진주해 온 적군들처럼 안개가 무진을 뺑 둘러 싸고 있는 것이다. 무진을 둘러 싸고 있는 산들도 안개에 의하여 보이지 않는 먼 곳으로 유배당해 버리고 없다. 안개는 이 세상에 한이 있어 매일 밤 찾아 오는 여귀가 뿜어 내놓은 입김과 같다. 해가 떠오르고 바람이 바다 쪽에서 방향을 바꾸어 불어 오기 전에는 사람들의 힘으로는 그것을 헤쳐 버릴 수가 없다. 손으로 잡을 수 없으면서도 그것은 뚜렷이 존재하고 사람들을 둘러 싸는 것이고 먼 곳에 있는 것으로부터 사람들을 떼어 놓는 것이다.

안개, 무진의 안개, 무진의 아침에 사람들이 만나는 안개, 사람들로 하여금 해를, 바람을, 간절히 부르게 하는 무진의 안개…

3 ——— 버스 안

터널을 빠져 나와 달리고 있는 버스 안. 테마 음악과 함께 "안개"라는 타이틀이 시작하면, 허름한 농부 하나가 입을 떡 벌리고 졸면서 그 옆의 사나이 어깨에 자꾸 얼굴을 기우린다. 그 옆의 사나이 조심 조심 얼굴을 찡그린 채 옆으로 기우러지는 농부를 떠다 밀고 있는 것을 바라다보는 윤이 빙그레 웃음지으며 차창 밖을 내다 본다. 버스가 덜커덩거리는 것을 턱으로 느끼면서 유월의 해풍이 차창 안으로 불어오니 상쾌한 바람에 취해 조는 듯 눈을 감는다.
색안경을 쓰고 있는 윤.
윤의 소리 끝난다. 버스의 엔진 소리만 들릴 뿐.

4 ——— 버스 안

얼마 되지 않는 승객들 내리고 있다. 윤도 일어선다.
운전수가 신문 뭉치를 신문지국 사람들에게 내려 주고 있다.

운전수	오늘 치는 보나마다더군. 약 광고만 여전허구.
지국원 가	제기럴, 정작 우리보다 저런 것들이 먼저 신문을 보니…
운전수	흥, 저것도 신문쟁이라고 콧대는 살아서… ㅉㅉ

선반에서 별로 무거워 보이지 않는 멋쟁이 슈트케이스 하나를 들어 내려 승강구 쪽으로 향하는 윤.
승강구에서 인숙과 마주친다.
인숙, 이마에 흘러내린 머리카락을 거두어 올리며 우두커니 서 있다.
윤에게 먼저 내리라는 뜻인 듯.
윤, 먼저 내리라고 눈짓 손짓한다.
인숙 먼저 내린다.
좀 넋이 빠진 듯하고 핼쑥하다. 이 시골에는 어울리지 않는 도회적인 용모와 옷차림이다. 육감적인 매력도 있고 기품도 있어 보인다.
눈여겨 보는 윤.

5 ——— 광장 (낮)

버스에서 내리는 윤. 슈트케이스를 땅에 내려놓고 옷의 먼지를 털며 광장을 둘러 본다.

기와집 지붕들도, 양철 지붕들도, 초가지붕들도 유월의 강렬한 햇볕을 받고 모두 은빛으로 번쩍이고 있다. 철공소에서 들려 오는 단조로운 쇠망치 두드리는 소리. 어느 상점의 스피커에서는 느려터진 유행가가 흘러 나온다.

거리는 텅 비어있고 썰렁한 가게 앞 그늘에서 남자들이 긴 나무 의자를 깔고 마주 앉아 장기를 두고 있다. 어린 아이들이 빨가벗고 기우뚱거리며 그늘 속을 걸어 다니고 있고, 읍의 포장된 광장도 거의 텅 비어 있다.

눈부신 햇볕만이 그 광장 위에서 끓고 있으며 그 눈부신 햇볕 속에서, 정적 속에서 개 2마리가 혀를 빼물고 교미를 하는 게 보인다.

버스에서 내린 승객들이 뿔뿔이 흩어져 어슬렁 어슬렁 걸어가고 있다.

신문 뭉치를 안고 가던 지국 사람들, 멈춰 서서 윤을 눈여겨 보고 있다가 윤과 시선이 마주치자 얼른 걷기 시작하는데 눈과 몸짓으로 보아 자기들끼리 무언가 맞장구 치는 듯 멀어진다.

슈트케이스를 들고 걷기 시작하는 윤, 인숙의 뒷모습을 잠시 바라보다가 광장을 가로질러 가는데 피곤해 보인다.

6 ── 우체국 앞 (낮)

우체국 앞을 지나치려다 잠깐 멈춰 서서 무언가 망서리
는 윤.

순경이 우체국 안에서 바쁘게 나온다.

윤, 그냥 가던 길을 간다.

자전거를 타고 윤을 지나쳐 가는 순경.

윤, 안심하는 표정이다.

느닷없이 이상한 웃음소리가 들리며 어떤 사람의 손이
윤이 쓰고 있는 색안경을 잡아챈다.

놀라는 윤, 돌아보니 얼굴도 예쁜 편에 진한 화장을 한 미
친 여자(나일론 치마 저고리를 맵시 있게 입고 팔에는 시
절에 맞춰 고른 듯한 핸드백도 걸치고 있다)가 킬킬대며
빼앗은 색안경을 얼굴에 걸치고 둥실둥실 춤추며 뭐라
지껄이며 간다.

윤, 어이가 없어 뺏으려 들지도 않고 멍하니 바라보는데
가방을 든 학생들, 구두닦이들, 그리고 아이스케키 장수
아이들이 어울려 여자 뒤를 줄줄 따른다.

소리 1 (E)   공부를 많이 해서 돌아 버렸대.

소리 2 (E)   아녀, 남자한테 채여서래.

소리 3 (E)   저 여자 미국 말도 참 잘 한다. 물어 볼까?

멍하게 쳐다 보고 있는 윤의 시야에 인숙의 모습이 보인다.

눈여겨 보는 윤의 시선을 의식하지 못하고 미친 여자만 심각한 표정으로 뚫어지게 보고 있는 인숙.

7 ——— **골목 입구 (낮)**

주택이 제법 있는 거리를 윤이 걸어 오고 있다.

궤짝을 엎어 놓고 젊은 설탕뽑기 장사가 앉아 있다.

그 앞에 열심히 조심조심 핥고 있는 소년(동생을 업고 있다.) 그 옆에 소녀 하나, 재미있게 생긴 대 여섯 살쯤 되어 보이는 아이, 뽑기를 하고 있는 모습을 부러운 듯이 구경하고 있는데 따분하고 처량해 보인다.

햇볕이 더욱 따가운 하오의 풍경.

골목 안으로 들어서는 윤.

재미있게 생긴 아이, 윤이 어느 집 문으로 들어 가자 그쪽으로 걷기 시작한다.

8 ——— 이모 집 마당 (낮)

문 안을 들어서는 윤.
이모가 부엌 앞에 앉아 나물을 다듬고 있다.

윤   이모.

돌아보는 이모, 후다닥 일어나, 반가움을 억지로 누르는
침착한 표정으로 빠르게 다가 온다.
달려가 이모가 내민 손을 잡는 윤.

이모   아니, 이게 뭔 일이냐?

윤을 마루로 안내하며

이모   어떻게 틈이 나서 왔니? 며칠 전 꿈에 보이더
         니…

윤   며칠 쉬려구요.

이모   그 병이 또 재발한 것 아니냐? …

걱정스런 표정의 이모를 자세히 들여다 보며

윤   (웃으며) 아아니요. 퍽 늙으셨어… 점점 어머니

닮어 가시네.

이모   늬 어머니가 살아 있다면… 팔자도 참… 그래 장
인 어르신은 안녕허시냐?

윤, 웃고 고개를 끄덕인다.

이모   네 처는 아직 소식 없고?

윤, 웃고 고개를 저으며 이모를 돌아본다.

이모   남들 같으면 벌써 두 서넛은 됐겠다. 애 혹시 너
처가살이가 고된 것 아니냐? 안색이 어째…

윤, 빙긋이 웃기만 하고 말이 없다.

이모   고단한가 보구나. 좀 누웠거라. 얼른 점심 지어줄
께 잉.

가방을 들고 먼저 방으로 들어 가는 이모.
마루 끝에서 상의를 벗는 윤.

9 ──── 이모 집 마당 (낮)

대야의 물이 화면에 확 끼얹어진다.

부엌에서 나오던 이모가 하마터면 물벼락을 맞을 뻔한다.

이모, 바라보니 바지 가랑이를 걷어 올리고 웃통을 벗은 윤이 빈 대야를 들고 낄낄거리고 있다.

이모   원 애두. 여전하구나. 서울에서도 그랬냐?

기분 좋게 그냥 웃고 있는 윤.

이모, 장독대로 가며

이모   한 번만 더 해 봐라!

아까 뽑기 장수 앞에서 윤을 따라 들어 온 재미있게 생긴 소년이 시종 근처에서 윤을 지켜보고 있다가 갑자기 윤에게 달려와 바지 가랑이를 붙잡고 한 손을 내민다.

윤, 이모를 돌아보며

윤   앤 누구예요? 이모.

장독에서 된장을 퍼 들고 나오다가

| 이모 | 응. 동네 아이다. 내가 맡아 봐주고 있는데 말을 못해. |

윤, 바지 호주머니를 뒤져 돈을 주려는 윤.

| 이모 | 아서라. 그렇찮아도 걘 그 버릇 때문에 골치다. |

윤, 호주머니에서 꺼내던 것을 도로 넣고 아이에게 이모를 가리키며 나중에 보자는 듯 눈짓한다.
삐쭉거리는 아이.

10 —— 이모 집 방 안 (낮)

수건으로 얼굴을 닦으며 방 안을 둘러보는 윤.
걸레로 방을 대충 훔치고 있는 이모.

윤	옛날 그대로네요.
이모	네가 올 줄 알았더라면 방 도배나 좀 해 둘걸…
윤	이대로가 좋아요.

윤의 눈아 한 곳에 머문다.

액자가 보인다.

넥타이를 풀며 액자 앞으로 다가가는데 퇴색한 가족 사진들 틈에 병들고 절망적인 몇 년 전 윤의 사진이 보인다.

이지러진 미소를 띠고 있다.

반갑고 어색한 표정으로

윤   아니 이 사진이…

이모, 액자 앞으로 다가와 윤과 나란히 서며

이모   벌써 잊었니?

윤   (독백하듯) 처량했군.

윤의 등을 두드리며

이모   그때는 하느님이 시련을 주신 거지. 자 감사 기도 드리자.

사진을 보고 있는 윤.

고개를 숙이고 웅얼웅얼 기도하는 이모.

11 ── 이모 집 마루 (낮)

이모　아버지의 크신 은혜로 오늘은 오년 만에 조카와 한 자리에서 아버지의 양식을 대하나이다. 타향에 나가서 탕아가 되어 돌아 와도 기쁘겠거늘…

(E)　… 하물며 만인들의 병을 고쳐 주는 약을 만드는 회사의 전무님이 되어 돌아 온 조카를 보니 기쁘고 기쁩니다. 모두가 아버지의 크신 은혜인 줄로 압니다. 여기 머무는 동안 내내 그리고 서울에 돌아가서도 항상 우리 기준이가 하느님 앞에 영광 돌릴 일만 하도록 바라옵고 기도하옵나이다. 우리 주 예수 이름 받들어 기도 드리옵나이다. 아아멘.

아이가 살며시 눈을 뜨는데 윤과 시선이 마주친다. 둘 다 빙긋 웃는다. 아이가 밥상 너머로 살그머니 손을 내민다. 윤이 자기 호주머니에서 지폐 한 장을 꺼내 그 손에 놓아 준다. 아이가 지폐 액면을 보고 눈을 동그랗게 뜨며 얼른 호주머니에 구겨 넣고 만족하여 다시 기도하는 자세로 돌아간다.

이모　자 어서 먹자.

이모, 기도 끝난 줄도 모르고 아직 눈을 감고 있는 아이의 등을 두드리며 한 손으로 윤의 밥 그릇 뚜껑을 열어 준다.

12 ── 거리 (낮)

학생들과 사무소 직원들이 돌아 오고 있다.
따분하고 한심스러워 보이는 몸짓들(책가방을 어깨 넘어로 울러 메기도 하고, 머리에 이기도 하고, 침방울을 만들어 불어 날리기도 하고⋯ 빈 도시락을 자전거에 싣고 담배를 피우며 느릿느릿 먼 시골의 자기 집으로 돌아가는 공무원 같아 보이는 사람들도 있고⋯)
윤, 걸어 오고 있다.

13 ── 신문지국 들이 있는 거리 (낮)

한 군데에 여러 개의 간판이 붙어 있다.

한 지국에서 나와서 그 옆 지국으로 들어가려는 윤. 간판을 훑어 본다.
윤이 나온 지국에서 두 남자가 호기심과 부러움에 찬 표정으로 내다 본다.

14 —— 지국 안 (낮)

남자 3명이 떠들고 있다.
한 사람은 상이군인 출신인 듯 갈고리 손이다.

지국원 가 듣자하니 최 의원은 아주 단념했다더군.

지국원 나 잘 생각했지. 그런 치사한 의혹 사건에 관련이 됐으니 무슨 낯짝으로 다시 출마한다고 고향으로 내려 오겠어?

지국원 가 도대체 정치는 그렇게 하는 게 아니란 말이어. 도대체…

지국원 나 흥. 입만 살아서… 아까부터 왜 핏대여? 니가 해봐라. 니가 해봐.

지국원 가	아, 시켜만 줘 봐.

지국원 가 무심히 돌아 보다가 들어서는 윤을 본다.

윤	구독 신청하러 왔습니다.
지국원 가	(일어나며) 네. 무슨 신문…?
윤	여기서 취급하고 있는 신문 모두 좀 이 주소로 배달해주세요.

호주머니에서 만년필을 꺼내며

윤	약도를 그려 드리겠습니다.

지국원 가 지국원 나를 흘겨 보고 나서 갈고리로 종이를 한 장 꺼내 윤에게 주며

지국원 가	형식은 어디까지나 형식이니까요.

윤, 싱거운 녀석 다 보겠다는 미소를 짓고
종이에 약도를 그려주려 하나 잉크가 나오지 않는다.
몇 번 뿌려 보고 있는데, 지국원 나, 잉크 스탠드를 내민
다.
만년필에 잉크를 묻혀 대강 극적거려 준 뒤 무심코 만년

필을 잉크스탠드 옆에 놓는다.

그동안 사내들은 윤의 얼굴과 옷차림을 놀랍고 부러운
듯 주시하고 있다.

목례를 하고 돌아 서며

윤   내일 아침부터 볼 수 있겠죠?

            나가는 윤을 말없이 멍하니 보고 있는 지국원들.

지국원 가   (윤의 흉내를 내어) 내일 아침부터 볼 수 있겠죠?

지국원 다   출세했다지?

지국원 다   몰라 보게 되는데… 이젠 누가 옛날 그 폐병쟁인
            줄 알겠어?

            지국 안으로 들어 서는 윤.
            윤이 들어선 줄도 모르고

지국원 나   그 구두 좋던데. 미제여!

지국원 가   그게 무슨 미제여. 국산도 요짐은 미제 같이 빠진
            단 말여.

            윤이 놓고 간 만년필을 돌려 보며

지국원 다   이건 분명히 미제로군.

문득 윤을 발견하고 황급히 만년필을 내민다.
다시 나가는 윤

지국원 가   자식, 뭐 하러 왔을까?

지국원 다   생각이 다른 게 아녀?

지국원 나   (지국원 가에게) 금빳지?

지국원 가   게나 고동이나 다 덤비는 판이니…

지국원 다   알 수 없지. 도가집 홍 영감이 다 뛰는 판인디. 그
래 붙어라 붙어. 대목은 우리 차진께…

15 ── 한길 (낮)

걸어 가던 윤, 걸음을 늦춘다.
담배를 꺼내 물고 불을 붙이고 나서 망서리는 표정으로
바라보면 우체국이 보인다.
잠깐 주저하다가 일단 들어가고 보자는 태도로 우체국을

향해 걸음을 옮기는 윤.

젊은이 (E)   형님.

듣지 못하고 걸어 가는 윤.

젊은이 (E)   기준 형님.

고개를 돌리는 윤.
한 눈에도 문학청년으로 보이는 젊은이.
양쪽 옆구리에 액자를 잔뜩 끼고 이쪽을 보고 있다가 윤
을 확인하고 반갑게 달려 온다.
몇 명의 남녀 중, 고등학생들이 젊은이처럼 액자를 어깨
에 메기도 하고 옆구리에 끼기도 하며 지나간다.
조용히 반색하며

윤   오, 박 군.

윤, 손을 내민다.

박   뒷모습이 어쩐지 형님 같아서…이렇게 갑자기
웬 일이세요?

윤   왜, 못 올 데를 왔나?

박	아뇨… 출세하셨다고 하도 야단들이라서 영영 못 뵙는 줄 알았었죠.

귀엽다는 듯 손가락으로 박 군의 이마를 찌르고 나서

윤	(액자를 가리키며) 뭐지?
박	학생들이 시화선을 해보겠다고 해서요
윤	시화전?
박	(부끄러운 듯) 저 모교에서 국어를 가르치고 있어요.
윤	으응. 그거 잘 됐군. 자네 만한 선생이 어디 쉽겠나?

담배를 던지고 나서 손을 내밀며

윤	이쪽 건 날 줘.

박의 한쪽 옆구리 액자를 받으려 한다.

박	아뇨. 괜찮습니다.
윤	이리 주라니까.

억지로 빼앗아 든다.

먼저 걸음을 옮기며 액자를 들어 구경하는 윤.

괴상한 인물 사진과 시.

사진 흉내를 내어 얼굴을 찡그려 보는 윤의 얼굴이 유리에 비친다.

박   형님 체면에 되겠어요? 이리 주세요.

여전히 유리에 찡그린 얼굴로

윤 (E)   체면은 무슨 놈의 체면…

박   (단호하게) 무슨 말씀이세요? 이젠 옛날의 형님이 아니실 텐데요.

윤   (픽 웃으며) 이제나 저제나 엉망진창일세.

의아해 하는 박,

묘한 웃음을 띠고 돌아보는 윤의 시선과 마주치자 덩달아 웃음 짓는 박.

액자 유리에 비치는 풍경 - 우체국, 가로수 등등을 잠깐 심각한 얼굴로 들여다 보는 윤.

16 ── 다방 안 (낮)

액자 유리에 비치는 풍경이 정지해 있고 그 풍경은 다방의 의자들…
박의 지시에 따라 학생들이 벽에 액자를 걸고 있다. 못 박는 망치 소리 시끄럽다.
카운터에 기대서서 구경하고 있는 윤.
카운터 뒤에 창백하고 무표정한 얼굴로 앉아 있던 원숙해 보이는 마담,
서랍에서 담배 한 대를 꺼내 손가락 사이에 끼며

마담   (아무래도 좋다는 투로) 아주 때려 부셔라.

윤, 마담을 돌아보며 히쭉 웃어 보인다.
마담도 히쭉 웃는다. 요염하다. '불 좀 붙이라'는 듯 담배 문 입을 내민다.
윤, 맹랑하다는 듯 돌렸던 고개를 바로 하며 마담을 보지도 않고 라이터 불을 켜서 어깨 뒤로 돌려 넘긴다.
담배 연기 멋지게 내뿜으며

마담   라이타 한 번 좋은데. 어디서 온 분일까?

윤   (같은 자세와 표정으로) 안개 오는 데서 안개와 같이 왔소. 왜? 오나가나 하나씩은 끼었군.

실쭉 웃는 마담, 윤의 어깨 너머로 담배 한 대를 슬그머니
건넨다.

의아해 하다가 조용히 그 담배를 무는 윤, 천천히 돌아서
면 마담의 불 붙은 담배와 윤의 새 담배 조용히 맞닿는다.

의미있게 교환되는 두 눈길.

코를 찡긋하고 돌아서는 윤.

17 —— 다방 밖 (낮)

학생 하나가 시화전 포스터를 바깥 벽에 붙이고 있다. 잘
붙지 않는지 투덜대며…

윤과 박, 문을 열고 나온다.

포스터 붙이는 것을 보며

윤   구경하러 올 사람이 있을까?

박   저 혼자 미친 짓 하는 거죠. 그래두 좋아요.

윤   (웃으며) 예술은 고독해야 한다는 건가? 듣기 좋
      으라고 만든 말일 거야.

박	글쎄요.
윤	바쁠텐데 들어 가 봐.
박	저녁에 댁으로 놀러 가겠습니다. 이모 댁에 묵으시겠죠?
윤	응. 이따 보세.

18 —— 우체국 안 (낮)

들어서는 윤. 사람들이 좀 많다.
공중전화기 앞으로 가려다가 공중전화 부스 안에서 한 사내가 수화기에 대고 소리를 지르고 있는 것을 보고 사람들을 꺼리는 듯 망설이는 윤.
발길을 돌리는 윤.

19 —— 외삼촌 댁 (밤)

시장 안 술집. 밖에 의자를 놓고 앉아 있던 외삼촌이 벌떡 일어선다.
뚱뚱하고 천박하게 생긴 영감이다.

외삼촌   (엄격하게) 이놈아. 너 온 줄 벌써 온 고을이 다 알고 있는데 이렇게 인사가 늦는단 말이냐?

요란하게 웃으며 두 손을 힘껏 벌려 윤을 껴 안고 등을 두드리며

외삼촌   장하다. 응 장해.

윤   외삼촌은 자꾸 뚱뚱해지시네요?

외삼촌   나 말이냐? 조카는 성공하고, 난 술 잘 팔리고… 살 찔 일 말고 다른 할 일 있으면 좀 일러 다오. 하하하…

갑자기 몸을 돌려 부엌 문을 벌컥 열며

외삼촌   여보. (부르다 말고 화를 내며) 아니 저 년은 밤낮을 모르고 처먹어대니 돼지 삼시랑을 타고 났나?

육감적으로 생긴 젊은 여자가 부뚜막에 쭈그리고 앉아 밥을 먹다가 움찔하는 게 보인다.

외삼촌   (고함소리로) 빨리 나오지 못 해?

여자 입을 우물거리며 나온다.

외삼촌   인사드려. 외조카님이여. (여자의 등을 요란하게 두드리며 윤에게) 내 아홉 번째 마누라다. 너한테 외숙모가 되지. 하하하…

윤   (정중하게) 처음 뵙겠습니다.

당황해서 우물쭈물 답례하는 외숙모. 다시 부엌으로 돌아간다.

외삼촌   외숙모가 너무 젊어서 너 억울하겠구나. 하하하. (소리를 낮추며 징글맞게) 이 녀석아 참 거기에 좋은 약 좀 가져 왔냐?

윤   (큰소리로) 외삼촌, 언제 철 나실래요?

외삼촌   (한심스럽다는 듯) 야 이 녀석아, 곧은 백 살을 먹어도 그 재미 빼놓으면 무슨 맛에 세상을 산다냐? 철나는 날이 내 제삿날이다. 모르는 소리 말아라.

껴안다시피 하여 윤을 안으로 데리고 가는 외삼촌.

20 —— 외삼촌 집 술청 안 (밤)

외삼촌과 나란히 술상을 받고 다정하게 얘기하고 있는
윤.
맞은 편에서 외숙모가 술을 건너 따르고 있다.
윤의 허리를 껴안고 웃음을 터뜨리며

외삼촌　　늬가 잡아 뗀다고 내가 모를 줄 아냐? 당선은 문
제가 아니다. 도가집 홍가 놈도 나선다더라만 너
만 나서면 그놈은 박살이 나지. 암. 나고 말고.
(엄숙하게) 이래 뵈도 이 시장 바닥에 있는 놈들은
다 내 말에 움직인단 말여. 이 외삼촌 실력을 무
시 말어라.

윤　　　무슨 말씀이세요?

외삼촌　　(자기 말에 취해서) 다 나한테 맡겨라.

윤　　　난데 없이 국회의원은…?

외삼촌 (믿지 않고) 하아. 요녀석 봐라. 오냐. 오냐. 사내
자식은 시치미 뗄 줄도 알아야지. 그런 건 죽은
지 에미 닮았단 말야.

윤의 등을 대견한 듯 두드리고 있다. 상대하기를 단념한
듯 술잔을 드는 윤.

21 —— 이모집 마루 (밤)

박이 신을 신고 있다. 방에서 윤이 잠바를 걸치며 나온
다.
자기 방에서 나오며

이모 다 늦게 어딜 가니?

윤 (구두 끈을 매며) 조한수한테 놀러 갈려구요. 그 애
가 세무서장이 됐다는군요.

이모 그러엄. 여태 몰랐니? 고등고시 합격했을 땐 고
을이 들썩했단다. 아니 그런데 무슨 옷차림이 그
러냐?

윤	어때서요?
이모	안 된다. (윤의 팔을 잡아 끌며) 올라 오너라. 높은 사람은 높은 사람답게 입어야 하느니라. 옷 갈아 입고 가거라.

22 ── 조의 방 (밤)

얼굴에 윤끼가 흐르는 조가 모시 저고리 왼쪽 소매 활딱 걷으면 팔뚝에 문신(일심 一心).
손가락으로 "문신" 옆 자리를 꾹꾹 누르며

윤	여기다 하나 더 새겨 놓지. "고진감래"라고 말이야.
조	(쑥스러운 빛 없이 천연스레) 잊어버리지도 않고 들춰내는군. 어서 앉아라. 이거 원 누추해서… 빨리 마누라를 얻어야겠는데…

방을 둘러 보는 윤.
오밀조밀하게 꾸며져 있는 방에 인숙이 남자들과 화투

판을 둘러 싸고 앉아 있다.

인숙을 발견하고 약간 놀래는 윤.

윤　　(고개를 돌려 조를 보며) 아직 결혼 안 했나?

조　　법률책 좀 붙들고 있었더니 그렇게 됐어. 자 어서
　　　　앉아.

　　　　남자들을 한꺼번에 가리키며

조　　(윤에게) 우리 직원들이야.

　　　　윤을 가리키며

조　　(남자들에게) 아마 얘기 들었을 거야. 내 중학 동창
　　　　인데 지금 서울의 대 제약회사 전무님이시지.

　　　　직원들 모두 앉은 채 고개 숙여 절한다.

세무서원 가　아, 윤…

윤　　네, 윤기준입니다.

　　　　박과 무언가 얘기하고 있는 인숙에게

조　　어어, 밀담들은 그만 하시고, 하 선생 인사해요.

내 중학 동창인데 서울에 있는 큰 제약회사의 전무님이시고. (여자를 가리키며 윤에게) 이 쪽은 우리 모교에 와 계시는 음악선생이셔. 하인숙 씨라고… 작년에 서울에서 음악대학을 나오신 분이시지.

윤   초면이 아닌 듯 하군요.

의아해 하는 조와 박.

인숙   아. 버스에서…

윤, 웃으며 인숙을 자세히 본다.

인숙은 개성있는 얼굴이다. 윤곽은 갸름하고 눈은 크고 얼굴 색은 노리끼하다. 전체로 봐서 병약한 느낌을 주나, 높은 콧날과 두터운 입술이 병약한 인상을 버리도록 요구하고 있다. 카랑카랑한 목소리가 코와 입이 주는 인상을 더욱 강하게 한다.

조   (일어나며) 가만있자. 모처럼 행차하신 분인데 대접할 게 있어야지… 어머니! (부르며 나간다.)

윤   (인숙에게) 고향이 여기신가요?

인숙	아녀요. 발령이 이곳으로 났기 때문에 저 혼자 와 있는 거예요.
윤	네에. 전공이…?
인숙	성악요.
박	(대화에 끼여 들며) 그렇지만 하 선생님은 피아노도 아주 잘 치십니다.
조	(들어오며) 노래를 아주 잘하시지. 소프라노가 굉장하거든.
윤	쏘프라노?
인숙	네. 졸업 연주회땐 "나비 부인" 중에서 "어떤 개인 날"을 불렀어요.
조	(윤에게) 여기는 얼마쯤 있게 되나?
윤	천천히 놀다 가지 뭐.
조	(인숙이 들으라는 듯이) 너 참 청첩장 한 장 없이 결혼해버리는 놈이 어디 있어? 허기사 보냈더라도 그땐 내가 세무서에서 주판 알 튕기고 있을 때니까 별 수 없었겠지만 말이야.
윤	난 그랬지만 넌 꼭 보내야 한다.

조	염려 마라. 금년 안으론 받아 볼 수 있게 될 거다.

세무서 직원들이 빈들거리며 인숙을 본다.
인숙 외면한다.
눈치를 채는 윤. 방석 위의 화투를 집어서 딱 딱 소리 나게 내리 치며

윤	화투는 역시 무진에 있어야 어울리는군. (박에게) 화투와 무진! 어때? 그런 제목으로 시 하나 쓰지 않겠나?

박, 멋적게 웃을 뿐, 이 자리가 좀 거북한 모양이다.

세무서원 가	(윤에게) 제약회사라면 거기 약 만드는 데 아닙니까?
윤	그렇죠.
세무서원 가	평생 아플 염려는 없겠습니다. 하하하

굉장히 재미있는 익살이나 부린 것처럼 세무서원들은 조의 얼굴을 쳐다보며 오랫동안 웃는다.

조	(박에게) 참, 박 군, 학생들한테서 인기가 대단하다구. 이웃에 살면서 좀 놀러 오지 않고…

박	늘 생각은 하고 있었습니다만… (얼버무린다.)
조	(인숙을 가리키며) 하 선생한테서 늘 얘기는 듣고 있었지.

조와 박이 얘기를 하고 있는 동안 세무서원 한 명이 '화투 한 판 치지 않겠느냐'고 윤에게 묻는 시늉을 한다.
윤, 고개를 젓는다. 술상이 들어온다. 맥주와 안주로 푸짐하다.

조	이거, 귀한 손님이 오셨는데 준비가 없어서… 자 가까이들 오라구.

병 마개를 따는 조. 술을 따른다. 술잔을 들고

조	윤기준 군의 금의환향을 위해서 건배…

같은 장소
빈 병이 많다.
모두들 좀 취해 있다.
조가 윤에게 술잔을 돌리고 있고
세무서원 나 한모금쯤 밖에 안 마신 술잔을 들고 인숙에게 마시라고 강권하고 있다

세무서원 나 정 이러시기요? 아, 맥주는 술이 아니라구요.

인숙	(피하며) 그럼 맥주에 붙는 세금은 뭐라고 하죠?
세무서원 나	에이, 또 저러신다. 평소엔 그렇지도 않으시면서 오늘 저녁엔 왜 이렇게 얌전을 피우실까?

눈짓과 손짓으로 조에게 술을 권하라고 한다.
조, 술잔 들어 인숙에게 권하며

조	너무 사양하면 권한 사람이 부끄럽잖소?

마치 자기 부인에게 하는 말투다.

인숙	네네. 거기 놓으세요. 제가 마시겠어요.
윤	맥주는 여자분들도 좀 마시더군요. 미용에 좋다고.
인숙	소주도 마셔 본 걸요. 대학 다닐 때 친구들과 어울려서 방문을 잠가 놓구요.
조	이거 술꾼인 줄은 몰랐는데…?
인숙	마시고 싶어서 마신 게 아니라 시험 삼아 맛 좀 본 거예요
세무서원 다	그래 맛이 어떻습디까?

인숙   모르겠어요. 술잔을 입에서 떼자마자 쿨쿨 자 버
      렸으니까요.

      일동 웃음. 박은 쓴 웃음.

조   항상 생각하는 바지만 하 선생 좋은 점은 바로 저
      기에 있거든. 될 수 있으면 얘기를 재미있게 하려
      고 한다는 점 바로 그거야.

인숙   일부러 그러는 게 아니에요. 대학 다닐 때 말투
      죠.

조   어허. 그러고 보면 하 선생의 나쁜 점은 바로 저
      거야. "내가 대학 다닐 때"란 말 빼놓곤 얘기가
      안 됩니까? 나처럼 대학 문 앞에도 가보지 못한
      사람은 어디 서러워서 살겠어요?

인숙   죄송합니다.

조   그럼 사과하는 뜻에서 노래 하나 부르시오.

세무서원들 그것 좋습니다. 박수~.

      박수 소리. 윤도 빙그레 웃으며 따라서 친다.

조   어디 한 번 들어 봅시다. 마침 서울 손님도 오고

했으니까.

세무서원 가 그 지난 번에 부르시던 거 참 좋습디다.

세무서원 나 부르세요.

상 앞으로 다가 앉으며

인숙 (할 수 없다는 듯) 그럼 부릅니다.

"목포의 눈물"을 부르기 시작한다. 유행가로서는 어울리지 않는다.

조와 직원들 젓가락과 손가락으로 술상을 두드리기 시작하며 "좋다"를 연발한다.

담배를 꺼내 불을 붙이며 연민의 표정으로 인숙의 표정을 바라 보는 윤.

윤과 시선이 마주치면 얼른 눈을 피하며 노래를 계속하는 인숙.

고개를 못 들고 오히려 무안해 하고 있는 박.

그것을 눈치 채는 윤.

노래 끝난다.

사람들이 박수 친다.

일부러 바보처럼 박수 치는 윤.

윤 이거 보통 유행가가 아닌데?

박   아리아는 더욱 아니죠.

            박을 돌아보는 윤.
            박, 분개한 표정으로 자리에서 일어나며

박   재미있게 노시는데 죄송합니다만 먼저 실례하겠
            습니다. (윤에게) 형님은 내일 뵙죠.

            나가려 한다.
            윤과 조 한꺼번에 일어난다.

조   좀 더 놀다 가지 그래.

            박, 아무 말 없이 나간다.

윤   (조에게) 내가 바래다 주지.

            박과 윤 나간다.

23 ── 다리가 보이는 길 (밤)

안개가 제법 짙다.

윤과 박 걸어 오고 있다.

박   그만 들어 가세요. 내일 또 뵙죠.

고개만 끄덕이는 윤.

두 사람 약속이나 한 듯 멈춰 서서 안개 끼는 풍경을 본다.

윤   (박을 보며) 자네 그 음악 선생을 좋아하고 있는 모양이더군?

박, 힐끗 돌아 보며 해사하게 웃다가 외면한다.

윤   그 여선생과 조한수와 무슨 관계가 있는 모양이던데?

박   모르겠습니다. 아마 조 형이 하 선생을 결혼 대상자 중의 하나로 생각하고 있는 것 같아요.

윤   자네가 그 여선생을 좋아한다면 좀 더 적극적으로 나가야 하겠어. 잘 해 봐.

박   뭘 별로… 그 속물들 틈에 앉아서 유행가를 부르
        고 있는 게 좀 딱해 보였을 뿐이죠.

윤   클라식을 부를 장소가 있고 유행가를 부를 장소
        가 따로 있다는 것뿐이겠지. 뭐 딱할 것까지야 있
        나?

박   들어가 보셔요.

윤   (강렬하게) 우물쭈물하다간 놓쳐… (괴로운 표정 지
        으며) 사년 전 그 여자와 헤어지게 된 것도… 내
        가 우물쭈물한 탓도 있지.

        박, 진지하게 윤의 얘기를 듣고 있다.
        두 사람 악수하고 헤어진다.
        안개 속으로 멀어지는 박이 측은해 보인다.

24 ── 조의 방 (밤)

        조가 인숙을 추궁하고 있다.

세무서원들은 못 들은 체 하고 맥주를 서로 부어 주며 마시고 있다.

조   (인숙을 보고) 오늘 어디 다녀 왔다지?

인숙   답답해서 바람 좀 쏘이고 왔죠.

조   (퉁명스럽게) 어디 갈 땐 나하구 가야지…

인숙   (눈을 살짝 흘기며) 입으로만…

세무서원 다 아아, 벌써부터 사랑 싸움이면 장래가 훤한데요.

직원들 큰 소리로 웃는다.
들어오는 윤.

윤   흥을 깨서 미안하군. 이제부터 본격적으로 시작
           하지. 세무서장 댁이니까 술이야 얼마든지 있을
           테고…

조   (얼른 받아서) 마시다가 병 나면 약은 자네가 댈게
           고… (안에 대고 외친다) 어머니, 국화주 좀 내오세
           요.

시무룩해 있는 인숙과 윤의 시선 잠깐 마주친다.

25 ── 다리가 보이는 길 (밤)

안개가 더욱 짙다.

윤과 인숙과 취해서 흥얼거리는 직원들 걸어 오고 있다.

세무서원 다, 왼편 길로. 세무서원 가, 나, 오른 쪽 길로.

윤과 인숙, 다리를 건너기 시작한다.

25 ── 다리 위 (밤)

안개 낀 풍경. 그 속에 공허하게 울리는 두 사람의 대화.

인숙 (E) 밤에는 정말 멋있는 고장이에요.

윤 (E) 그래요? 다행입니다.

인숙 (E) 그렇게 말씀하시는 뜻 짐작하겠어요.

윤 (E) 어느 정도루요?

윤과 인숙 둘이 나란히 걷고 있다.

인숙	사실은 조금도 멋이 없는 고장이니까요? 제 대답 맞았죠?
윤	팔십점입니다.
인숙	어머머, 백점이 아니구요?
윤	백점짜리 대답은 예를 들면 이런 겁니다. "아유! 여기도 지구의 일부분인가?"

두 사람 소리 내어 웃는다.
다리를 다 건넌 두 사람.
왼쪽 길로 가려는 인숙.
곧장 난 길을 가리키며

윤	아, 글루 가세요? 전 이쪽입니다. 그럼…
인숙	(망설이다가 좀 떨리는 목소리로) 조금만 바래다 주세요. 이쪽 길은 너무 조용해서 무서워요.

절실히 바라는 인숙의 눈.
그것을 잠시 동안 보고 있는 윤. 어떤 충동을 느끼는 듯 하다.

26 —— 뚝길 (밤)

두 사람 걷고 있다. 잠시 동안 침묵.

제각기 생각에 빠져 있는 듯 걷는다.

윤, 인숙에게 아까와는 달리 다정한 눈길을 자주 보낸다.

인숙   (명랑하게) 처음 뵙는데두요. 뭐라고 할까. 서울 냄새가 난다고 할까요. 오래 전부터 알던 사람처럼 느껴졌어요. 이상하죠?

윤   유행가…

인숙   네에?

윤   유행가는 왜 부르십니까? 성악 공부한 사람들은 될 수 있는 대로 유행가를 멀리 한다던데요?

인숙   (부끄러워서 나직이 웃으며) 그 사람들은 항상 그것만 부르라고 하거든요.

윤   부르지 않으려면 거기를 안 가면 될 게 아닙니까?

인숙   정말, 앞으론 가지 않을 작정이에요. 너무 너무 보잘 것 없는 사람들이에요.

윤   그럼 여태까지는 왜 놀러 다녔죠?

인숙   (힘없이) 심심해서요.

        가슴을 찔린 듯 인숙을 바라보는 윤, 고개를 바로 하고

윤   (독백하듯) 심심해서? 그렇지. 가장 정확한 표현
        이군.

        윤을 올려다 보며 빙긋 웃는 인숙.
        마주 웃어 주는 윤.

윤   박 군은 아까 하 선생께서 유행가를 부르고 계신
        게 보기에 딱하다고 하며 나가 버렸죠.

        어둠 속에서 인숙의 얼굴을 살피는 윤.

인숙   (높이 웃으며) 그 분은 정말 꽁생원이에요.

윤   선량한 사람이죠.

인숙   네. 너무 선량해요.

윤   박 군이 하 선생님을 사랑하고 있다는 생각을 해
        본 적은 없으세요?

인숙	아이, 하 선생님, 하 선생님 하시지 마세요. 오빠 뻘이나 되실 텐데요.
윤	그럼 무어라고 부를까?
인숙	그냥 제 이름을 불러 주세요. 인숙이라고요.
윤	(혼자 말로) 인숙이… 인숙이… (인숙이에게) 그게 좋군요. 인숙이는 왜 내 질문을 피하시죠?
인숙	무슨 질문을 하셨던가요?

두 사람 웃어 버린다.

윤	실례지만…
인숙	네에?
윤	아니요.
인숙	아이, 그런 법이 어디 있어요?
윤	(결심한 듯) 조 군과는 어느 정도의 관겐가요?
인숙	네에?

놀라다가 높은 소리로 웃는다. 이상하다는 듯 바라보는 윤.

28 —— 논두렁 길 (밤)

논 옆을 지나고 있는 두 사람.
개구리 울음 소리 들린다. 사람이 가까워지면 뚝 그쳤다
가 멀어지면 다시 울기 시작한다.

인숙 뭘 생각하고 계세요?

윤 개구리 울음 소리.

인숙 어머, 개구리 울음 소리… 정말이에요. 전 못 듣
고 있었네요. 전 무진에 사는 개구리들은 밤 열두
시 이후에 우는 줄만 알고 있었어요.

윤 열두시 이후에?

인숙 네에. 그때는 라디오 소리도 꺼지고 들리는 건 개
구리 소리뿐이거든요.

윤 (혼자 소리처럼) 잠은 자지 않고 열두시가 넘도록
뭘 할까?

인숙 그냥 가끔 그렇게 잠이 오지 않아요.

잠시 침묵. 개구리 소리만 요란하다.

인숙	비단조개 껍질 부비는 소리 같죠?
윤	난 옛날에 이렇게 느껴 본 적이 있지. 밤 하늘에서 반짝이는 별들 같다구.
인숙	개구리 소리가요?
윤	(웃으며) 엉망 진창이었지.
인숙	(느닷없이) 사모님 예쁘게 생기셨어요?
윤	내 아내 말이요? (웃으며 건성으로) 예쁘지.
인숙	행복하시죠? 돈도 많고 예쁜 부인이 있고 귀여운 아이들이 있고 그러면…
윤	아이는 아직 없으니까 쬐끔 덜 행복하겠군.
인숙	특별한 용무도 없이 여행하시면서 왜 혼자 다니세요?

조용히 웃으며 인숙의 얼굴을 살핀다.
잠시 침묵 사이를 메꾸는 개구리 울음 소리.

인숙	(명랑하게 꾸미며) 앞으로 오빠라고 부를 테니 저를 서울로 데려다 주시겠어요?
윤	서울에 가고 싶단 말이지?

인숙   네에.

윤   무진이 싫은가?

인숙   미칠 것 같아요. 금방 미칠 것 같아요. 서울엔 대
       학 동창들도 많고… 아이 서울로 가고 싶어 죽겠
       어요.

       윤의 팔을 무의식 중에 잡았다가 의식하고 얼른 놓는다.
       다시 어떤 충동을 느끼는 듯한 윤.

윤   (억지로 점잖게) 하지만 이젠 어디로 가도 대학 시
       절과는 다를 거야. 인숙은 여자니까 가정으로나
       숨어 버리기 전에는 어딜 가나 미칠 것 같을걸?

인숙   그런 생각도 해 봤어요. 그렇지만 지금 같아선 가
       정을 갖는다고 해도 미칠 것 같은 생각이 들어요.
       정말 마음에 드는 남자가 아니면은요. 그런 남자
       가 있다고 해도 여기서는 살기가 싫어요. 그 남자
       에게 전 조를 거예요. 여기서 도망하자구요.

윤   내 경험으로는 서울에서의 생활이 반드시 좋지
       도 않더군요. 책임뿐이거든.

인숙   허지만 여기엔 책임도 무책임도 없어요. 하여튼
       서울에 가고 싶어요. 절 데려다 주시겠어요?

윤, 무의식중에 인숙의 손을 잡는다.

섬찟 당황하는 인숙.

윤이 손을 놓는다.

인숙, 윤을 보고 이번에는 웃는다. 다시 인숙의 손을 잡
는

윤   무작정 서울에만 가면 어떻게 할 작정이지?

인숙   이렇게 좋은 오빠가 있는데 어떻게 해 주시겠지
요?

인숙, 윤을 보고 애교 있게 웃는다.

윤   신랑감이야 수두룩하지만…… 서울보다는 고향
에 가 있는 것이 나을 것 같은데?

인숙   고향은 더 해요.

윤   그래?

인숙   사모님 때문에 그러세요? 오해는 받지 않도록 해
드릴게요.

윤, 문득 불타는 듯한 눈으로 여자를 바라본다.

윤을 살펴보다가 무안해서 점점 움츠러드는 인숙.

두 사람 말없이 걸어 간다. 좀 괴로운 듯 머리를 손으로

빗어 넘기는 윤.

인숙   (웃음 짓고) 저 맹랑한 계집애죠?

소리 내어 웃는 인숙.
윤, 인숙을 보고 빙긋이 웃는다.

29 —— 인숙의 집 앞 (밤)

말없이 걸어 오는 두 사람.
대문 앞에 멈춘다.

윤   여긴가요?

인숙   네에. (머뭇거리다가) 초면에 죄송했어요. 너무 나
          무라지 말아 주세요. 안녕히 가세요.

윤   잘 자요.

들어 가는 인숙의 쓸쓸한 뒷모습을 바라보다가 씁쓸하게
웃으며 돌아서는 윤.

30 ── 인숙의 방 (밤)

들어 와서 불을 켜고 책상 의자에 앉는 인숙.

잠깐 우두커니 책상을 내려다 보고 있다가 느릿느릿 옷의 단추를 끄른다.

인숙의 지난 날 사진들이 벽 가득히 붙어 있다. 사진들은 즐거운 표정.

주인아주머니 (E)   선상님이요?

인숙   (고개를 소리 쪽으로 돌리며) 네에, 저예요.

주인아주머니 (E)   늦었구려 잉.

인숙   네에, 대문은 걸었어요.

주인아주머니 (E)   잘 자요.

인숙   안녕히 주무세요.

일어나서 옷을 벗고 내의 바람으로 의자에 앉는다. 손을 뻗혀 책상 머리 맡의 라디오를 켠다. 잡음이 많은 음악. 꺼버리는 인숙.

개구리 울음 소리 들린다.

책상 앞 선반에서 세면 도구를 들다가 귀찮은 듯 도로 놔버리고 불을 끄고 펴 놓은 이불 위에 눕는다.

웅크리고 옆으로 누워서 무언가 생각하는 듯 눈을 뜨고 있는 인숙.

개구리 울음 소리 계속 된다.

31 —— 윤의 방 (밤)

불이 켜진다. 윤이 스윗치에서 손을 떼고 옷을 갈아 입는다. 개구리 울음 소리 희미하게 들려 온다.

넥타이를 끄르는 윤. 한 곳을 응시한다. 액자 속의 사진이다.

옷을 갈아 입고 (잠옷 차림은 보이지 않으나) 불을 끈다. 자리에 눕는다.

누워서 담배를 피운다. 맛이 없는지 재털이를 잡아 당겨 비벼 꺼 버린다.

잠을 이루지 못하고 몸을 뒤척이는 윤. 무엇을 생각하는지 외로워 보인다.

개구리 울음 소리.

32 —— 뚝길 (이른 아침)

내리는 비에 젖어 옷이 몸에 착 달라 붙어 냇가의 자갈 밭에 쓰러져 있는 여자 자살 시체. 육감적이다.

둘러 서서 보고 있는 학생들.

방죽을 걸어 오다가 멈칫 서는 윤.

비탈을 내려 오는 윤. 등교하던 학생들이 방죽 위를 멀리서 달려 오기도 한다.

윤, 학생들 틈에 끼어서 본다.

시체의 얼굴이 보이지 않는다.

보이는 곳으로 가기 위해서 둘러 선 학생들 등 뒤를 게 걸음으로 걸어가는 윤.

순경이 자전거를 타고 방죽 위를 달려 오고 있다. 자전거의 뒷좌석에는 어린 학생이 타고 앉아서 시체 쪽을 가리키고 있다. 뒷좌석의 학생이 뒤를 돌아 보며 멀리 떨어져서 달려 오고 있는 리어카 꾼에게 어서 오라는 손짓한다.

시체를 보고 있는 윤.

순경, 시체에 다가 와서 시체를 검사한다.

윤   (순경에게) 누굽니까?

순경   (검사하며) 읍내 술집에 있는 여자군요.

          허리를 펴다가 윤을 돌아 보고

순경	(반가운 듯) 윤 선배님 아니세요? 언제 내려 오셨습니까?
윤	(우물쭈물) 네에. (시체를 가리키며) 지금이라도 어쩌면…
순경	(고개를 흔들며) 저런 여자들이 먹는 건 청산가립니다. 수면제 몇 알 먹고 떠들썩한 연극 같은 건 안 하죠.
윤	네에…

순경, 담배를 꺼내 윤에게 권한다. 황급히 자기 담배가 든 호주머니에 손을 댔다가 별수 없이 순경의 담배를 받는다.

순경	하루라도 싸움을 하지 않으면 소화가 안 된다는 지독한 여자였죠. (시체를 보며) 저 여자도 별수 없는 사람이었던 모양입니다.

착잡한 표정으로 시체를 내려다 보는 윤.

33 —— 인숙의 방 안 (오전)

"어떤 개인 날"이 흘러 나오고 있다.

화면 가득히 작은 사진들 모두가 즐거웠던 인숙의 지난 날을 말해 주는 듯. 웃고 있는 모습, 친구들과 어울려 익살을 부리고 있는 모습 등등.

머리 맡의 녹음기("무진 중학교 용"이라고 씌어 있다.) 에서 나오는 음악이다. 이불 속에 누워서 공허한 눈으로 열어 놓은 창 밖의 하늘을 보고 있는 인숙.

이슬비가 내리고 있다.

누운 채 별 뜻 없이 팔을 쭉 펴며 손가락을 가지런히 세워서 손톱을 보기도 한다.

창에 개구리가 붙어 있는 게 보인다.

문득 몸을 돌려 엎드려 누운 채 손을 뻗혀 머리맡의 화장 도구가 든 상자를 끌어 당긴다.

누운 채 손거울을 꺼내 들고 콜드크림을 얼굴에 바르기 시작한다.

34 —— 인숙의 집 앞 길 (오전)

비닐 우산을 받고 이슬 비 속을 박이 즐거운 듯 빠른 걸음
으로 걸어오고 있다.
박, 인숙의 집 앞에 도착하여 대문을 밀고 들어 선다.

35 —— 인숙집 마당 (오전)

대문을 들어 서는 박. "어떤 개인 날"이 들려 온다.
멈춰 서서 음악에 귀를 기우리다가 미소하며 안으로 들
어 가는 박.
딴 채로 되어 있는 인숙의 방 앞에 멈춰 서서 노래에 귀를
기울이며 마루에 놓인 인숙의 자취 도구를 둘러 보는 박.
문 앞에서

박	(조심조심) 하 선생님?
인숙 (E)	누구세요?
박	접니다. 박…

인숙 (E)	박 선생님이세요? 웬일이세요? 잠깐 기다리세요.
박	네, 저어… 시화전 하는데 음악이 있어야 할 것 같아서요…

36 ──── 방 안 (오전)

집 안에서 입는 한복을 급히 입으며

인숙	녹음기를 가지러 오셨군요?

콜드크림 바른 얼굴이 번쩍인다.

박	어디 편찮으십니까?
인숙	아 아니요…
박 (E)	결근을 하셨기에 조금 걱정이 됐습니다.
인숙	조금밖에 안 됐어요?

박 (E)　　　(웃으며) 아닙니다. 많이 됐습니다.

　　　　　　인숙, 생긋 웃고 나서 옷 고름을 매고 수건으로 얼굴을 박박 닦고 나서 문득 좋은 생각이 떠 오르듯 장난기 있는 웃음을 띠고 화장품과 거울을 집어 든다.

37 ─── 방 앞 (오전)

　　　　　　박, 비 맞고 있는 인숙의 고무신을 처마 밑으로 집어 옮기고 있다.
　　　　　　호주머니를 뒤져 손수건을 꺼내 고무신 안에 든 물을 닦는다.

인숙 (E)　　토요일이고 수업이 없고 비는 오고… 결근할 이유는 충분하죠?

박　　　　　(신발을 닦으며) 전 엊저녁에 술을 많이 드셔서 그러신 게 아닌가 했습니다. 교감 선생님께서 직원 조회 시간에 노골적으로 화를 내시더니… 하 선생님께서 결근을 너무 자주 하신다고 해서… 독감이 걸려 누워 계신다고 제가 그랬더니… (나즉히 웃으며) 박 선생은 어떻게 그렇게 잘 아느냐고 다그쳐 묻지 않겠어요? 하하하…

인숙 (E)　오머, 저 때문에 거짓말을 다 하셨군요.

박, 손수건을 쥐고 일어 서다가 문득 묘한 웃음을 담고 자기가 신발 닦는 것을 엿 보고 있던 주인 아주머니와 시선이 부딪쳐 어쩔 줄을 모른다.
빙긋 웃으며 사라져 버리는 주인 아주머니.
들려 오던 음악 갑자기 그친다.

박　(황급히) 아닙니다. 끄지 마세요. 녹음기는 그냥 두고 쓰세요. 시화전 하는 데는 다방 전축을 사용해도 됩니다.

인숙 (E)　기다리게 해서 미안합니다. 들어오세요.

37 ── 방 앞 (오전)

박　(부끄러워서) 아닙니다. 저 잠깐 얼굴이나 뵈었으면 싶어서…

인숙 (E)   괜찮아요. 들어오세요.

박, 주인 아주머니가 보고 있나 없나 살피고 나서 신을 벗
고 마루로 올라 서서 방문을 연다.
얼굴을 귀신처럼 무섭게 그려 가지고 방가운데 서서 쥐
어 뜯을 듯이 두 손을 들고 손가락을 꾸부리고 서 있는 인
숙의 무서운 모습.
멈칫 서며 소스라치게 놀라는 박.
한 발짝 앞으로 내 디디며

인숙   (무서운 소리로) 나는 마귀다. 나는 천사가 아니
다. 박 선생은 바보다. 바보는 죽어야 한다. 이이
이…

즐거워서 인숙을 손가락질하며 웃어 대는 박.

38 —— 다방 안 (오전)

비 맞은 모습으로 다방 안을 들어서는 윤,

손수건을 꺼내 얼굴과 머리를 닦는다.

느려 빠진 유행가가 나오고 있다.

카운터 바로 앞 자리에 조가 커피를 마시고 있다가 들어서는 윤을 보자 반가운 듯 손짓한다.

마담은 카운터에 앉아 담배를 피우고 있다가 들어서는 윤에게 윙크한다.

윤, 마주 윙크를 하고 조에게 다가가 맞은 편에 앉는다.

조   아침부터 어딜 그렇게 쏘다니냐?

윤   으음, 어머니 산소에 좀…

         윤의 바지 무릎이 흙투성인 것을 보고

조   아니… 왜 이래?

         마담을 손짓으로 부르며

윤   (조에게) 비 덕분에 효자가 돼 버렸지.

         혀를 차고 나서 다가 온 마담에게

조   물수건 좀 주시오. 쯧쯧.

윤   (마담에게) 커피…

조	허, 진흙 바닥에 꿇어 엎드렸었군. 그렇게 효잔 줄은 몰랐는데… (윤의 바지를 만지며) 이것 영제지?
윤	(웃으며) 공무원이 출근은 안 하고 아침부터 다방에 앉아 노닥거려서야 어디…

심각하게 그러나 촌스럽게

조	인이 백여서 말야. 하루라도 안 마시면 골치가 띵~ 하거든.
윤	문화인 다 되셨어.

물수건을 가지고 온 마담, 윤의 옆에 턱 주저 앉으며 여유 있는 태도로 윤의 무릎을 잡아 당겨서 닦아 주기 시작한다. 입에 담배를 문 채.

조	(우습고 놀랜 말 쪼로) 아니… 마담 그분이 누군 줄 알고 함부로…
마담	누군 누구요? 보나 마나 건달이지. (윤의 볼을 토닥토닥 두드리며) 그렇지? 건달이지?

윤, 고개를 끄덕이며 웃는 얼굴로 무릎을 내맡기고 있다.

우습다는 듯이 잠시 윤과 마담을 번갈아 보는 조.

조 　　　　헛참 마담! (부르고 나서 상반신을 앞으로 내밀고) 이분
　　　　　은 무진 통틀어서 인물이란 말야. 인물. 그리고
　　　　　바로 여기서 국회의원에 출마하실려고 이번에
　　　　　서울서 내려 오셨단 말야. 알구나 닦아 드리든지
　　　　　주물러 드리든지 하시란 말야.

　　　　　조금도 신기하지 않다는 듯 조에게 입을 삐죽 내미는 마
　　　　　담

마담 　　　에이구, 무진 사람들 건달 국회의원 한 번 모시게
　　　　　됐쉬다래.

　　　　　윤과 마담, 친밀하게 마주 보고 웃는다.
　　　　　마담과 조 사이에 오가는 수작이 우스우면서도 의아해서

윤 　　　　(조에게) 갑자기 국회의원은…? 무슨 얘기야?

조 　　　　이웃집 처녀가 사내 애를 뱄는지 계집 애를 뱄는
　　　　　지도 빤히 아는 이 바닥에선 뭐든지 숨기지 말고
　　　　　미리미리 말하는 게 좋을걸.

　　　　　윤, 어이 없다는 듯한 표정.
　　　　　윤을 요염한 눈길로 흘겨 보는 마담.

39 —— 외삼촌 집 술청 안 (오전)

대뜸 외삼촌의 야단스러운 언동이 시작된다.

외삼촌   신언서판이여. 신(身), 언(言), 서(書), 판(判)… 우리 기준이야 인물 좋겠다. 말 잘하겠다. 글 잘 쓰겠다. 판단이 바위를 쪼개 듯 하겠다. 뭣이 모자라? 학벌이 출중한 데다가 돈까지 척 붙었으니… 도가집 홍가 놈쯤이야 적수가 아니지… 제깐 놈이 감히 어딜 맞겨뤄? 안 그래?

술꾼 가   젠장, 그 양반은 우리가 못 가진 건 다 가졌구만 그래.

술꾼 나   왜 우리라고 나까지 끌어들여? 나야 학벌 하나는 착실하잖아…

술꾼 다   자네가 무슨 학벌이야? 서당 뒷간 학벌 말인가? 하하하.

일동 웃어 대는데 이 때 외숙모 술 주전자를 행주 치마로 훔치며 철렁 철렁 넘치게 들고 와서 외삼촌에게 넘겨 준다.
받아 들은 외삼촌, 일동 술잔에 웃어 가며 따른다.

술꾼 가   또 또 저 타령이네. 아 그 알량한 고등 보통핵교 다닌 얘기…?

대들듯 정색하며

술꾼 나   그럼, 옛날 고등보통핵교 이학년 댕겼으면 요즘 대학 졸업하고 맞먹는 거여. 왜, 내가 헛소리 하나? 못마땅해 하게…

술꾼 가   야, 대학생 들으면 데모 허겠다.

이 때 지나치던 사나이 하나 더 술청으로 들어 선다.

술꾼 라   이거, 아침 나절부터 제대로 벌렸구먼.

술꾼 가   자넨 굶어 죽진 않겠네. 어찌 그리도 잘 알고 기어 든 거여?

술꾼 라   아, 참새가 방앗간을 그냥 지나치지 호걸이 술 냄새 맡고 그냥 가는 법 있당가?

외삼촌   오, 참 자넨 우리 기준이를 잘 알겠수만, 어때? 도가 집 영감에겐 아깝지?

술꾼 라   (다소 심각한 어조로) 어서 한잔 따라봐. 근데 말여, 조카한테 잘 생각해서 하라고 하소. 부자가 천천히 망할라믄 자식을 대학 보내고 한 번에 쫄딱 내려 앉을라믄 국회의원 나서란 말 못 들었어?

일동 외삼촌을 쳐다 보며 동감이라는 듯 웅성거린다.

40 —— 인숙의 방 안 (오전)

박이 무심코 콧구멍을 후비며 벽에 붙은 인숙의 사진에 넋을 잃고 보고 서 있다.
야단스럽게 찍은 사진 앞에서 빙그레 웃기도 하고.
녹음기에서 조용한 음악이 나오고 있다.
책상 앞에 앉아 화장을 조금씩 지우며

인숙   보고 싶을 때마다 앨범 꺼내는 일이 귀찮아서 아예 몽땅 붙여 버렸어요.

사진 한 장을 가리키며

박   이 사람은 누굽니까?

인숙, 돌아 본다. 대학 교정에서 교수와 나란히 찍은 사진이다.

인숙 교수님이에요.

박 (질투하는 투로) 늙은이도 남자는 남자니까요.

인숙 (놀란 듯이 웃으며) 오옴머, 박 선생님도 그런 말씀을 다…

인숙의 말이 끝나기도 전에 휙 몸을 돌이켜

박 (정열적으로) 하 선생님!

인숙 (천연스럽게) 네?

화장이 덜 지워져서 피카소의 그림 같은 인숙을 보면서

박 (무겁게) 조한수 형을 사랑하십니까?

인숙, 고개를 젓는다.

박 (용기를 얻은 듯) 저와 결혼해 주십시오.

잠깐 멈칫했다가 고개를 돌려 다시 화장을 지우기 시작하며

인숙	(장난 쪼로) 어머니한테 물어 보구요.

인숙이 앉아 있는 의자 등을 손으로 짚을까 말까 하다가
용기를 내어 짚으며

박	중매를 들이면 될까요?

인숙	박 선생님 같은 분과 결혼하는 여자는 행복하겠죠? (농담만은 아닌 것 같다.)

박, 너무 기뻐서 충동적으로 왈칵 인숙을 껴 안으려 든다.
얼른 몸을 피하고 일어서서 노려보며

인숙	(태연스레) 박 선생님! 약주 드셨어요?

무안해 하며 고개를 숙이는

박	미안합니다.

진심으로 사과하고 나서 고개를 숙이고 부끄러움을 누르
고 뭔가 결심한 얼굴로

박	하 선생님! 하 선생님을 제 품에 안고야 말겠습니다.

말하자마자 밖으로 급히 나간다.

나가는 박을 멍하니 바라 보는 인숙.

41 ── 인숙의 집 앞 (오전)

박, 대문을 나와 걸음을 멈추고 뭔가 궁리하다가 좋은 생각이 떠오른 듯 걸음을 빨리 한다.

42 ── 광장 (오전)

비는 그쳤으나 흐리다.

윤과 조가 나란히 걸어가고 있다.

윤   참, 엊저녁 하 선생이란 여자는 네 색싯감이냐?

조   색싯감? (웃음을 터뜨리며) 그래 내 색싯감이 그 정도로밖에 안 보이냐?

윤   그 정도…라니?

조   야 야. 넌 빽 좋고 돈 많은 과부한테 장가 들고,
      나는 어디서 굴러온지도 모르는 말라깽이 음악
      선생이나 차지하고 있으면 속이 시원하겠냐?

      유쾌해 죽겠다는 듯이 웃어 대는 조.

윤   너 정도라면 여자가 거지라도 괜찮지 않아?

조   (은근히) 그게 아닙니다. 내 편에 서서 나를 끌어
      줄 사람이 없으면 처가 편에라도 있어야 하는 거
      예요. 야아 세상 우습더라. 고등 고시에 패스하자
      마자 여기 저기서 중매가 막 들어오는데, 그게 모
      두 형편없는 것들이거든. 도대체 여자가 거기 하
      나만 밑천으로 해서 시집 가 보겠다는 고 배짱들
      이 괘씸하단 말야.

윤   그럼 그 여 선생도?

조   응? 응. 그렇지 아주 대표적이지. 어찌나 쫓아다
      니는지 귀찮아 죽겠어.

      윤, 고개를 한 번 기웃하고 나서

윤	퍽 똑똑한 것 같던데…?

| 조 | 똑똑하기야 하지. 허지만 뒷조사를 해 봤더니 집 안이 너무 허술해. 그 여자가 여기서 죽는다고 해 도 고향에서 그 여자를 데리러 올 사람 하나 변변 히 없거든. 속도 모르는 박 군은 그 여자를 좋아 한다더군. |

빙긋 웃는

윤	(놀랜 채) 박 군이?

| 조 | 그 여자에게 편지를 보내 호소를 하는데, 그 여자 가 모두 내게 보여 주더라구. 박 군은 내게 편지 를 쓰는 셈이지. (무얼 생각하는지 킥킥 웃으며) 고 맹 랑한 것 작년 가을에 절에를 데리고 놀러 간 적이 있었거든. 거기서 어떻게 해볼려고 했는데 요 약 아빠진 게 결혼까지는 죽어도 안 된다는 거야. |

윤	그래서…

| 조 | 무안만 당하고 말았지 뭘… |

다행이었다는 듯 빙긋 웃는 윤.
멈춰 서는 두 사람.

조   집으로 갈 거야? 언제 정식으로 한 판 벌리고 먹
            자.

            웃으며 고개를 끄덕이는 윤.
            두 사람 각각 다른 방향으로 헤어진다.

43 —— 거리 (낮)

            조용한 거리를 터벅 터벅 걸어 가는 윤. 피곤해 보인다.
            우체국 앞에서 발을 멈춘다.
            잠깐 망설이다가 우체국 안으로.

44 —— 우체국 안 전화 박스 옆 (낮)

            전보, 전화 담당의 직원 2명이 있을 뿐 텅 비어 있다.
            직원과 윤이 얘기하고 있다.

신청 용지를 내려다 보며

직원   지급입니까?

윤   네. 오래 기다려야 합니까?

직원   금방 나옵니다.

긴 의자로 가서 앉는 윤. 좀 불안한 눈으로 거리를 내다
본다.
지친 윤의 얼굴.

직원 (E)   서울 나왔습니다.

윤   아, 네에.

급히 일어나서 전화 부스 안으로.

45 —— 전화 박스 안 (낮)

수화기를 들고

윤	여보세요. 여보세요. 진이요? (크게) 진이요? 나야, 잘 안 들려?⋯ 응. 응 그래. (크게) 듣고 있어. 말해⋯ 뭐? 영업부장이? 그럼 박 상무는 아직 괜찮고? 응. 아직까지는 그 정도란 말이지? 아버님은 손 쓰시는 것이 왜 그리 늦나? 난 이 거 뭐야⋯ (얼른 부정하며) 아니야. 아니야. 그런 뜻이 아니고, 시골에 있기가 답답해서 그런 거야⋯ (시무룩 해지며 낮게) 여기는 부산이 아니야. (크게) 부산이 아니라구. 여기는 무진이야⋯ 그래⋯ 부산 가는 기차를 타기야 탔지. 도중에 내린 거야⋯ (낮게) 어쩌다 이리 오게 됐어⋯ (크게) 그래, 그래. 갈게. 부산으로 당장 간단 말이야. 응⋯ 응. 그럼 끊어.

수화기를 놓고 시무룩해지는 윤.
전화 벨이 따르릉 울린다. 깜짝 놀라서 전화통을 바라 보는 윤.
수화기를 내려 놓으며

직원	한 통화입니다.

윤	(안심하며) 아 네에, 한 통화예요?

윤, 어두운 표정이다.

46 —— 이모집 마루 (낮)

이모와 박이 마루에 앉아 얘기하고 있다.
박의 등을 두드리며

이모 자네만 같으면야 대감님의 외동딸이라도 중매하
지. 그런데 내가 나서도 될까?

박 이모님하고 기준 형님이 말씀하시면 틀림없을
것 같습니다.

이모 우리 기준이도 아는 여잔가? (재미있는 일이 있다는
듯이 대문 쪽을 보고 손짓하며) 어서 좀 오너라!

대문을 들어선 윤. 박을 보고 웃으며 손을 들어 보인다.
박은 반색을 하고 일어 선다.

47 —— 인숙의 방 (낮)

인숙이 초라한 음식을 맛없이 느릿 느릿 먹고 있다.

윤 (E)   실례합니다.

           음식을 입에 넣은 채 이상해서 문 쪽으로 고개를 돌리고
           대답 없이 응시하는 인숙.

윤 (E)   하인숙 씨 계시오?

           목소리를 알아 듣고 반색을 하며 그러나 당황하여 씹던
           것을 얼른 꿀꺽 삼키며

인숙   잠깐만 기다리세요.

           초라한 밥상을 감추려고 하나 감출 데가 없다. 얼른 방구
           석으로 밀어 놓고 상보로 덮은 다음
           문을 여는 인숙.
           윤이 미소를 띠고 있다.

인숙   들어오세요.

윤   (미소를 여전히 띠며) 괜찮겠어요?

           담요를 접어서 방석 대신 놓는

인숙   앉으세요.

선 채 방 안을 둘러 보며

윤   식사하던 중인 것 같은데…

인숙   아아니요.

        코를 쥐어 보이며

윤   냄새가 나는데…

        부끄러운 듯 웃는

인숙   다 먹고 지금 막 치운 걸요.

        귀여운 듯 빙긋 웃는 윤. 그러나 어딘가 불안한 빛을 감추
        지 못하고 창으로 다가 가서 밖을 내다 본다. 텅 빈 길 어
        디고 사람은 보이지 않는다.

인숙   앉으세요.

        윤, 얼른 미소 짓고 돌아 서며

윤   나갑시다. 산보나 하지.

인숙   (웃으며) 그러실까요?

48 —— 다방 안 (낮)

박이 깊은 생각에 잠겨 앉아 있다. 가끔 빙긋 웃기도 한다.
탁자에는 시를 쓰다만 종이가 놓여 있다.
마담 다가 와 장난조로 종이를 집어 든다.
수줍어서 종이를 빼앗으려는 박.
마담 소리 내어 읽는다.

(INSERT)   하인숙,
　　　　　 나의 성좌에 앉은
　　　　　 나비여 파아란 나비여
　　　　　 하인숙,
　　　　　 이 별은 움직이지 않으리라
　　　　　 오래오래 쉬어라.
　　　　　 오래오래 쉬어라.

　　　　　 읽고 나서 돌려 주며

마담　　(놀리듯) 오라, 하 선생을 사랑하시는군.

　　　　　 박의 맞은 편에 앉으며

마담　　(탄식하듯 혼잣 말로) 이런 데 있기 아까운 여자지.
　　　　　 (박에게) 조 서장과 라이발이 되겠는데?

100

박	(자신 있다는 듯이) 조한수 말씀예요?

묘한 미소를 띠고 박을 보는 마담.

박	오늘 신문이나 좀 봅시다.
마담	오는 도중에 몽땅 없어졌대요.
박	(혼자 말로) 벌써 몇 번째야. 그래 가지고도 신문을 팔아 먹다니…
마담	누구 국수를 먹게 될까? (박을 놀린다.)

49 ── 숲길 (낮)

인숙과 윤이 걷고 있다.

윤	박 군은 착실한 사람이오.
인숙	(신경질이 난 체 하며) 아이 누가 아니래요? 이제 그만 하세요.

| 윤 | 대답을 들어야 그만 두겠는걸. |

멈춰 서서 윤을 향하여 높은 소리로

| 인숙 | 네. 예스. 우이. 씨이. 하이⋯ (보통 소리로) 중국 말로는 뭐라구 하죠? |

윤, 웃는다.
다시 걷는 두 사람.

| 인숙 | 어머 다람쥐⋯ |

소리 치며 달려 간다.

50 ── 숲 속의 낡은 사당 (낮)

도깨비라도 나올 듯 초라하고 음침한 사당 돌 계단에 두
사람 앉아 있다.
담배를 피우며 깊은 생각에 빠져 먼 곳을 보고 있는 윤.
웃음 짓고 윤의 얼굴을 쳐다 보며

인숙	뭘 생각하세요?

웃음 짓고 인숙의 얼굴을 돌아 보며

윤	부산 가 본 적 있어요?

인숙, 고개를 젓는다.
다시 먼 곳을 보는 윤.

인숙	부산은 왜요?

윤	아무 것도 아니야. (돌아 보며 말을 바꾸어) 정말 서울에 가고 싶어요?

고개를 떨구고 들고 있던 갈대를 똑똑 부러뜨리며 우울해지는 인숙, 고개를 깊이 끄덕인다.

윤	어디든지 엉망진창인데…

엉덩이를 손바닥으로 털며 일어 서서

윤	(명랑하게) 가만 있자. 요 근처에 재미난 데가 있는데…

사방을 둘러 보는 윤의 얼굴을 응시하며 일어서는 인숙.

51 ── 이제 쓰이지 않는 동굴 안 (낮)

이끼와 잡초로 가득한 동굴 안.

윤 (E) 서울에서 대학을 다닐 때 육이오 사변을 당했죠. 서울을 떠나는 마지막 기차를 그만 놓쳐서 이곳 무진까지 천리 길을 걸어서 내려 왔습니다. 발가락이 몇 번이나 부르터졌는지 모릅니다. 어머니가… 홀어머니였죠… 하나뿐인 아들이 의용군에 잡혀 갈까봐 여기에 절 숨겨 뒀습니다. 다시 우리 세상이 되었습니다. 그래도 여전히 전 여기 숨어 있어야 했습니다.

인숙 (E) 왜요?

윤 (E) 영장이 나왔거든요. 군대에 가면 죽는 줄만 알고 어머니가 입대하는 걸 한사코 저지했죠. 여기 갇혀 있을 땐 미칠 것 같더군요. 죽어도 좋으니 사람 많은 곳으로 가고 싶어 미칠 것 같았어요. (웃으며) 그 때 이런 일기를 쓴 적이 있죠. "어머니 지금 제가 미친다면 대강 다음과 같은 원인들 때문일 테니 그 점에 유의하셔서 저를 치료해 보십시오." 하하하…

인숙 (E)   그래서요?

윤 (E)   그 후엔 요 근처 바닷가에 갇히게 됐습니다.

인숙 (E)   그건 또 왜요?

윤 (E)   폐병이 들고 말았거든요. 군대에는 안 가게 됐지
만, 이번엔 병균으로부터 도망 다녀야 했습니다.
죽음으로부터의 도망, 병균으로부터의 도망, 그
리고 또…… 도망 다녀야 하는 사람의 심정을 아
십니까?

인숙 (E)   글쎄요?

동굴 입구에 있던 윤, 새 담배에 불을 붙이며 돌아 서서
사당 쪽으로 걷기 시작한다.

인숙   (웃으며) 윤기준의 청색 시대였군요. (사색적인 음성
으로) 엊저녁 선생님을 봤을 때 어쩐지 처음 뵙는
분 같지가 않았어요. 서울 냄새가 난다고 제가 그
랬죠? 지금 생각하니 그게 아니고…

문득 멈춰 서서 인숙의 말을 가로 채며

윤   (진지하게) 나는 내일 이 곳을 떠납니다.

어리둥절한 표정으로 윤을 쳐다 보는 인숙에게 질문할
기회를 안 줄려는 듯

윤   (독백하듯) 조한수와 결혼하는 게 어떨까? 좀 허
        풍은 있지만 생활력은 강한 친구지. 그리고 세무
        서장이란 전국의 대소 도시를 평생을 두고 누비
        며 돌아가는 자리거든.

        고개를 숙이고 슬픈 표정으로 돌을 툭툭 차며 걷기 시작
        하는

인숙   (엉뚱하게) 내일은 그럼 아침 차로 떠나시나요?

윤   그래야겠지.

        안타까운 듯 인숙을 두고 서 있는 윤. 그러나 어떻게 해
        줄 수 없다는 표정이다.

52 —— 다방 안 (저녁)

        윤이 들어선다.

마담	중매쟁이 노릇도 하셔어? 박 선생이 기다리다가 막 나갔는데.

주방 구멍에 대고

마담	여기 위스키 하이볼 하나.

돌아 서서 담배를 한 대 제 입으로 붙여 윤에게 주고 자기도 담배를 붙여 물며 카운터를 사이에 두고 윤과 마주 본다.

마담	언제 서울 가슈?
윤	왜?
마담	부탁이 있어서…
윤	데려가 달라고?
마담	난 뭐 다리가 없나?
윤	(무안해 하며) 서울… 가고 싶지 않아?

한숨을 쉬고 나서

마담	흥, 삼천리 방방곡곡 안 다닌 데 빼놓곤 다 댕겼어요. 하지만 여기만 한 데가 없습디다.

윤   무진이 좋아? 안개에 홀린 모양이군. 나는 내일
        이면 또 딴 곳 나그넬세.

마담   (담담하게) 관상을 보아하니 사고뭉치로 생겼어.
        잘 돌아 다니라구.

        카운터 뒤에 붙은 거울에 자기 얼굴을 비춰 보는 윤.

53 ── 윤의 방 (밤)

        누워서 벽의 자기 사진을 우두커니 보고 있는 윤.
        머리맡에 종이 한 장.

(INSERT) 부산, 부산, 부산 (이라는 낙서)

        부산이라는 낙서를 보다가 무엇을 결심한 듯 벌떡 일어
        나는 윤.
        슈트케이스에 자기 물건을 챙겨 넣으며 옆 방에 대고

윤   (큰 소리로) 이모

이모 (E)	왜 그러냐?

윤	며칠 동안 온성(溫成) 좀 다녀 오겠어요.

윤의 방에 들어오며

이모	회사 일이냐?

윤	네.

이모	보약을 지어다 놨는데 그것 먹을 틈도 없구나. 그나저나 너 정말 이번에 나설 궁리냐? 잘 생각해라. 난 그 국회의원 나가서 사람 버리는 걸 여러 경우 봤다.

윤	(담담하게) 회사 차려 놓고 약 만들다가 길에 나서서 약을 팔려구요. 모두 왜 그러세요? 넘겨 짚긴… 저는 그런 시시한 장사꾼은 안 돼요.

이모	저렇게 바쁘니 몸이 성할까. 쯧쯧쯧.

짐을 챙기고 있는 윤을 물끄러미 쳐다 보는 이모에게 문득 많은 (7, 8개 되는) 500원 권 다발들 중에서 하나를 주며

윤	이모 용돈으로 쓰세요.

| 이모 | 이게 뭐냐? 웬걸 이렇게 많이 주냐? |

윤, 싱긋 웃으며 돈을 받아 쥔 이모 손을 말없이 덮어 쥔다.

54 —— 조의 방 (밤)

방긋 웃으며 들어서는 인숙.
조와 세무서 직원들이 화투를 하고 있다가 들어서는 인
숙을 보고

세무서원 가 오늘은 결근하시나 했더니. 자 어서…

조가 웃는 얼굴로 앉은 채 몸을 움직여 자기 옆에 자리를
만들어 준다.
웃는 얼굴로 화투 판에 끼어 드는 인숙.
화투를 쓸어 모으며

세무서원 나 자아 판돈부터 거시고…

조가 얼른 인숙의 몫을 방석 위에 던진다.

세무서원 다 (그럴 줄 알았다는 듯) 헤헤헤…

55 —— 다리가 보이는 길 (밤)

안개 자욱한데 인숙, 집으로 향하는 걸음이 바쁘다.

56 —— 다리 위 (밤)

안개 속을 바삐 걷던 인숙 얼굴이 회상에 잠기는 듯.

인숙, 발거름을 멈추면

개구리 울음 소리 요란하다.

회상에 잠긴 인숙의 얼굴 구슬퍼 보인다.

57 —— 뚝길 (밤)

집을 향하여 힘없이 걷는 인숙의 뒷모습 처량하다.

58 —— 논두렁 길 (밤)

여전히 걷고 있는 인숙의 뒷모습.

59 —— 버스 안 (아침)

윤이 앉아 있다.

무심코 내다 보면 광장을 가로 질러 오는 인숙이 보인다.

놀라는 윤. 크락숀 소리. 뛰기 시작하는 인숙,

허둥지둥 차에 올라 잠간 두리번거리다가 윤을 발견하고

쌩긋 웃으며 말없이 윤 옆 자리에 털썩 앉는다.

차 떠난다. 버스 달리기 시작하는데

윤   웬일이야?

인숙   (명랑하게 웃으며 얄밉게) 나도 같이 가요.

윤   (놀라며) 뭐?

           앞을 똑바로 쳐다 보며

인숙   온성까지라도 배웅해 드리고 싶어요.

           인숙의 표정을 살피는 윤.

인숙   뭐 좀 사기도 할 겸… (윤 쪽을 돌아 보며) 엊저녁에
           미스터 조 네 놀음판에서 좀 땄거든요.

           담배를 꺼내 물며

윤   동행이 있어 잘 됐군.

           윤의 눈치를 살피는 인숙.

60 —— 달리는 버스 안 (낮)

윤과 인숙이 어린애들처럼 즐겁게 맞장구 치는 모습
버스 심하게 흔들리며 달린다. 엔진 소리 요란하다.

61 —— 온성시 버스 정류장 (낮)

도시의 번잡한 버스 정류장답게 뒷마당에 차가 계속해서
들어오고 나가고 있다.
뒷마당으로부터 차를 기다리는 사람들이 많은 대합실을
통하여 나가면 큰 길이다.
들어 온 버스에서 손님들이 내리고 있다. 무진과는 대조
적인 대도회.
차에서 내리는 인숙. 몇 사람 뒤에 윤이 내린다.
사람들의 눈을 꺼리는 듯한 윤, 앞서 내려서 기다리고 있
는 인숙의 곁을 지나가며

윤   (빠르고 낮게) 나갑시다.

순간 윤의 이상해진 태도에 의아해 하는 인숙.

따라가지 않고 뾰로통해지며 사람들 틈을 앞서 가고 있는 윤을 보고 서 있는 인숙.

윤, 돌아 보고 어서 오라는 손짓 한다.

뾰로통해서 또박또박 걸어 가는 인숙.

윤의 곁을 고개를 똑바로 한 채 지나친다.

몇 발자국 떨어져서 어슬렁어슬렁 뒤따라가는 윤, 긴장하여 주위를 살핀다.

두 사람, 몇 발자국 간격을 둔 채 대합실을 지나 밝고 번잡한 큰길로.

큰길과 대합실의 경계선에서 인숙이 멈춘다.

도시의 공기를 숨 쉬니 살아난 듯, 생기 띤 얼굴로 거리를 둘러 보는 인숙.

불안하게 좌우를 살피며 인숙의 곁에 다가와 서는 윤.

두 사람 서로의 얼굴은 보지 않는다.

주위를 살피며

윤   (인숙은 보지 않은 채) 자, 멋있는 곳으로 안내한다고 했겠다?

얼른 손을 이마에 대고 찌푸리며 들으라는 듯이

인숙   (윤에게) 멀미를 했나 봐.

기가 찬 듯한 표정으로 인숙을 보다가 건너 편 다방을 턱

으로 가리키며

윤   저기서 만납시다.

62 ── 길 (낮)

사람들의 시선을 피하는 듯한 태도로 인도를 걸어 가기
시작하는 윤.

윤의 뒷모습을 원망스러운 듯이 보다가 토라져서 윤과
반대편으로 또박 또박 걸어가는 인숙.

윤가 인숙 각각 다른 "건너는 길"을 지난다.

다방 앞에 다가 간 윤.

인숙이 맞은 편에서 오고 있는 것을 확인한다.

인숙, 윤을 보며 걸어 오다가 윤이 자기를 보는 것을 알고
얼른 쇼윈도우로 외면한다.

윤, 다방으로.

63 ── 다방 안 (낮)

인숙, 들어선다. 째즈가 울려 나오고 사람들이 많다.

모두들 대화에 열중하고 있는 듯 보인다.

구석진 자리에 벽을 보고 앉아 있는 윤을 보고 다가가는 인숙.

윤의 맞은 편에 앉는다.

좀 더 뾰로통한 얼굴로 꼿꼿이 윤을 응시한다.

윤, 얼른 고개를 조금 숙이고 눈은 치켜 떠서 인숙을 노려 보는 듯한 표정

갑자기 코와 입을 화난 개처럼 찡그린다. 코믹하다.

더 이상 토라져 있지 못하고 픽 웃는 인숙.

윤도 빙그레 웃으며 호주머니에서 담배 갑을 꺼낸다.

윤   멀미는 다 나았나?

인숙   왜 저를 피하세요? 기차를 타실 때까진 함께 있어 준다고 하셨잖아요?

윤   (불을 붙이며) 여긴 대도시요. 거래 관계로 아는 사람들이 많거든.

인숙   (그제야 알았다는 듯이 나지막이 웃고) 부인을 무서워 하시죠?

윤   멀미는 나았소?

인숙   (고개를 내밀며 큰 소리로) 부인을 무서워하세요?

         윤, 황급히 주위를 둘러 본다. 인숙의 큰 소리 때문에 옆
         좌석의 사람들이 말을 중단하고 인숙이와 윤을 번갈아
         본다.
         윤, 고개를 돌리고 나무라듯이 가볍게 인숙을 흘겨 본다.
         좋아서 킥킥 웃는 인숙.

윤   도시에 나오니까 영 달라지시는데?

         눈을 이쁘게 꼭 감았다가 뜨며

인숙   미칠 것 같아요.

윤   무진에 있어도 미칠 것 같고 도시에 있어도 미칠
         것 같고…

인숙   이번엔 너무 좋아서요.

윤   하여튼 복잡하군.

인숙   (정색을 하고) 비꼬시기예요?

         윤, 입술을 삐쭉 모아서 내밀고 고개를 흔든다.

샐쭉해져서 일어나며

인숙   나가요.

그 때 레지 다가와 물수건을 내려 놓으며

레지   차 뭘 드시겠어요?

레지에게 대답 없이 먼저 나가는 인숙.
앉은 채 물수건을 집어서 천천히 손을 닦고 나서 일어서며

윤   (레지에게) 미안합니다.

나간다.
레지, 화난 얼굴로 입구에 서서 윤을 기다리고 서있는 인숙을 째려본다.

64 ── 길 (낮)

다방 문을 밀고 나오는 인숙과 윤. 걷기 시작한다.
다시 불안해진 윤, 긴장해서 곁눈으로 주위를 살펴 본다.

코를 벌름거려 냄새를 맡으며 눈을 지그시 감고 고개를 살래살래 저으며

인숙   전 젖 대신에 깨솔린을 마시고 자랐나 봐요. 달콤하거든요.

인숙의 말에 귀를 기울이지 않고 주위를 살피고 있던 윤, 문득 긴장한다.
저 앞에 커다란 약 도매상의 건물이 보인다.

65 ── 거리 모퉁이 (낮)

걸어 오는 두 사람.
인숙은 쇼윈도 안을 드려다 보기도 한다.
윤은 불안해 한다.
거리 모퉁이에서 무심코 길을 건너려는 인숙.
걸음을 멈추는 윤.
인숙, 이상한 듯이 돌아서며 걸음을 멈추고
윤을 보다가 돌아와 윤의 앞에 선다.
윤, 저 앞에 있는 약 도매상을 얼른 보고 나서 다른 방향

을 가리키며

윤   이 쪽 길로 갑시다.

           이상한 것을 눈치 채고 인숙, 윤이 본 쪽을 돌아 보고 나서
           약방 쪽 길을 가리키며

인숙   이 쪽 길로 가면 도깨비가 있어요?

윤   (끄덕이며) 무섭게 생겼어.

           인숙, 일부러 깡충깡충 뛰며 윤의 팔을 잡아 끌며

인숙   아이, 그 도깨비 보고 싶어요. 어서 가 봐요. 네?

           윤이 그 쪽 길로 가는 걸 싫어하니까 더욱 가고 싶어 하는
           인숙.
           인숙이 일부러 그러는 줄 알고 더욱 딱해 하는 윤. 주위를
           둘러 본 윤.
           문득 안경 상점을 발견하고

윤   (인숙의 팔을 슬그머니 잡아 내리며) 잠깐만…

           안경 상점으로 빠르게 다가 간다.

66 —— 안경 상점 안 (낮)

윤이 진열장 위에 내놓은 색안경 몇 개를 놓고 이것저것
고르고 있다.

주인   금년 여름엔 이게 유행입니다.

그 색안경을 써 보는 윤.
안경에 손을 댄 채 돌아서면
색안경을 통하여 보이는 인숙. (화면 어두워진다.)
인숙이가 저 쪽 진열장에 기대고 서서 수상하다는 듯이
윤을 보고 있다가 윤이 돌아 서서 자기를 보자 어색하게
웃으며 다가 온다.

인숙   (다가 와서) 어울려요.

윤 (E)   더 예뻐 보이는군.

인숙   (입술을 삐죽 내밀며) 피이.

주인 (E)   사모님도 하나 골라 보시죠.

주인 쪽으로 몸을 돌리는 인숙. (화면 다시 밝아진다.)
윤이 안경을 벗어 들고 눈이 부신 듯 눈을 가늘게 뜨고 몇
번 껌뻑인다.

윤의 얼굴에 잠깐 스치고 지나 가는 수심.

인숙이 여자용 색안경을 이것 저것 갈아 끼고 거울에 비춰 보고 있다.

색안경의 모양에 따라 얼굴 표정을 바꿔 지어 보는 인숙. (양 끝이 올라간 것 일 때는 노한 표정을 짓고, 양 끝이 내려 간 것 일 때는 울상을 짓고 양 끝이 편편할 때는 입술을 꼭 다물기도 하고 때로는 살짝 미소 지어 보기도 하고)

인숙이 바꿔 끼어 볼 때마다 주인, 어울린다고 권한다.

인숙, 양 끝이 유난히 올라 간 걸 쓰고 무서운 표정을 지어 가지고

주인에게

인숙   이건 어때요?

주인   아주 어울립니다. 헤헤헤…

무서운 표정을 지은 채 윤에게 고개를 돌리면 (화면 어두워진다.)

색안경을 통하여 보이는 윤.

윤이 한 손에 색안경을 든 채 진열장 위의 신물을 뒤적여 보고 있다가 별 게 없는지 미뤄 놓고 인숙을 돌아 본다.

인숙의 괴상한 표정을 보고 싱긋 미소한다.

미소 사라지고 우두커니 인숙을 보고 있는 윤.

인숙 (E)	좀 웃어 보세요.
윤	(미소한 채) 예쁜데…
인숙	(안경을 벗으며) 피이. (화면 다시 밝아진다.)
윤	(주인에게) 이거 둘 얼마죠?
주인	네 네. 두 개 합쳐 사천 육백원만 내세요.

인숙, 안경을 내려 놓으며

인숙	(쌀쌀하게) 숨어 다니는 분이나 사세요.
인숙	(멜로디를 붙여) 나아는 고옹처가아…

긴장하여 인숙을 돌아 보는 윤.
비꼬며 싹 돌아 서서 밖으로 나가 버리는 인숙.
어처구니 없는 얼굴로 나가는 인숙을 시선으로 쫓는 윤,
인숙이 밖으로 나가 버리자 쓰게 웃는다.

67 —— 거리 (낮)

어두운 화면

안경 상점을 나오는 윤, 색안경을 쓰고 있다.

인숙을 찾느라고 둘러 본다.

약방으로 가는 쪽 길에 서서 이쪽을 보고 있다가 몸을 돌려 버리는 인숙이 보인다.

망설이다가 인숙 쪽으로 걸어 가는 윤.

68 —— 약방이 보이는 거리 (낮)

색안경을 쓴 윤과 아직도 샐쭉한 인숙이 나란히 걷고 있다.

윤   여길 오니까 말괄량이가 되는군.

인숙   (앞만 똑바로 본 채) 대학 다닐 때 버릇이에요.

윤   그놈의 대학에선 험악한 짓만 가르친 모양이군.

인숙   제가 어느 대학을 나왔는지도 아직 안 물어 보셨죠?

윤   (자신 있게) 음악 대학…

인숙   (말을 가로 채며) 서울에 음악 대학이 하나뿐인가
          요?

윤   (싱겁게 웃으며) 참 그렇군. (잠시 멈췄다가) 어느 대
          학이었습니까?

인숙   (뾰로통해서 혼자 소리처럼) 싱거운 사람들 고치는
          약은 안 만드시나?

69 ── 약방 앞 (낮)

          약방 주인(사십 대의 기름진 사나이. 와이셔츠에 넥타이
          를 매고 통 넓은 바지를 입고 있다.)이 자전거에 약상자
          를 싣고 있는 종업원에게 종이 조각을 주려고 나온다. 주
          려다 말고 무엇을 발견한 듯 한 곳을 응시한다.
          윤과 인숙이 약방 앞을 지나치려 한다.
          윤은 슬그머니 다른 쪽으로 고개를 돌리고 지나 가는 윤
          을 응시하며 고개를 갸웃거리던 주인 자신을 얻은 듯 전

표를 종업원에게 주고 만면에 웃음을 띠고 윤의 뒤를 쫓기 시작한다.

윤과 인숙, 앞을 본 채 나란히 걷고 있다.

인숙   (비꼬는 쪼로) 영화배우 같으시네요. 오히려 사람들이 더 쳐다 보는걸요…?

윤, 앞에서 오는 행인들을 살펴 본다. 과연 행인들이 힐끗힐끗 자기를 쳐다 보며 지나 간다.

색안경을 쓴 사람은 자기뿐이다.

등 뒤에서

약방 주인 (E) 저 좀 보시오.

긴장하여 우뚝 멈춰 서는 윤.

인숙은 이상하다는 듯 윤과 되를 번갈아 본다.

돌아 서는 윤.

약방 주인이 몇 발짝 저 편에 서서 웃음을 띠고 윤을 보고 있다.

윤, 긴장한 채 색안경을 벗는다.

반색을 하며 달려 오는

약방 주인 역시 윤 전무님이시군. 아니 이러시깁니까?

윤   (웃음 짓고 점잖게) 오, 이거 김 선생님 아니오?

두 사람 악수 한다.

약방 주인 (악수한 채) 이 시골 구석엔 언제 내려 오셨습니까? 내려 오셨으면 당연히 이 김치선이를 찾아 봐야 할 게 아니겠소? 허허허… 이거 앞으로 좀 생각해 봐야겠는데…

윤 장사는 잘 되십니까?

김치선 나 보다 더 잘 아실텐데 괜히… 요즘이야 그저 술 깨는 약하고 정력 강장제로 겨우 비벼 나가고 있지요.

몇 발자국 떨어져서 담벼락에 붙은 영화 포스터를 보고 서있는 인숙을 흘낏 돌아 보고 나서

김치선 얌전한 분인 줄 알았더니… 음 이거…

눈을 가늘게 뜨고 고개를 흔들며 윤을 본다.
인숙을 돌아 보고 나서

윤 (웃으며) 그런 관계가 아닙니다. 사업 관계로…

김치선 사업이야 사업이겠죠. 청춘 사업. 허허허… 사모님의 귀에 들어 가는 날엔… (웃으며 고개를 흔들어

보이고) 제 입을 단단히 막는 뜻에서 제 술 한 잔
안 마시고 가시면…

웃으며 윤의 팔을 끌고 가려 한다.
딱해서 인숙을 돌아 보는 윤.

70 ── 식당 안 (낮)

웨이터 (E)　어서 오십시오. 김 사장님.

　　　김치선 답례하며 들어 온다. 뒤따라 윤, 들어 온다.
　　　윤, 웃으며 '그럴 리가 없다'는 듯이 자리에 앉으며 고개
　　　짓을 한다.

김치선　그렇죠? 처음부터 그럴 리가 없다는 생각은 했습
　　　니다만… 모처럼 만났는데… 우리 그런 애길랑
　　　고만 하고… (문 쪽을 보며) 어서 이리 오세요.

　　　인숙, 김치선에게 답례하며 종업원에게 뭔가 묻고 나
　　　서 종업원이 가리키는 통로로 간다. 화장실로 가는 듯.

김치선   윤 전무님 다시 봐야겠어…

윤   글쎄 그런 관계가 아니래두…

김치선   이거 왜 이러셔. 참… (저쪽을 보며 큰 소리로) 야 여기 맥주 좀 가져 오너라. 잘 식혔겠지?

웨이터 (E)   네에.

김치선   (의미 있게 웃으며) 오늘 저녁 호텔은 제가 주선해 드리지.

윤   학교 선생님이라니까요. 남의 처녀를 갖다가…

김치선   (윤의 말 가로 채며) 하하. 처녀 한 번 좋아하시네. 앗따, 그 색시가 어디로 봐서 처녀 같단 말이오? (낮게) 내 눈은 못 속입니다.

윤   (웃으며 궁금한 듯) 뭘 어떻게 안단 말이오?

김치선   색시를 보거든 눈을 봐요. 눈을. 하하하…

윤의 옆 자리에 와서 앉는 인숙.
윤, 빙긋이 웃으며 인숙의 눈을 유심히 살핀다.
인숙, 의아해 하는 눈으로 윤과 김치선을 본다.
웃고 있는 김치선.
윤, 시선을 돌려 김치선을 보고 웃는다.

김치선   (큰소리로) 여기 잔 하나 더 갖고 와!

인숙   (얼른) 전, 안 하겠어요.

김치선   아니 맥주 한 잔 마시라는데 뭘…

인숙   (깜찍하게) 술을 끊기로 했어요. 특히 낮술은…

         모두 웃는다.

윤   (김치선에게) 우리, 식사 시킵시다.

김치선   그렇구먼. 시장하실 텐데… (저 쪽을 보고 손짓하며)
         여봐.

71 ── 식당 앞 (낮)

         세 사람 나온다.
         김치선이 윤의 슈트케이스를 들고 있다.

윤   잘 먹었습니다.

인숙, 김치선에게 목례한다.

김치선   원. 천만에… 자 천천히 노시다 시간 되걸랑 들
오세요.

돌아서 가는 두 사람.
슈트케이스를 들고 길을 건너려는 김치선.

72 —— 양품점 밖 (낮)

쇼윈도 안을 혼자 들여다 보고 있는 윤.
자동차 소음.
쇼윈도 안에 재미 있는 회전 광고 장치 보인다.
쇼윈도에 여자(수정 안경에 의젓한 몸집을 한 파라솔을
든 30대)
그림자 하나 다가와 비친다.

여자 (E)   이것 좀 봐요.

놀라는 윤, 슬그머니 돌아다 본다.

당당한 몸집과 옷차림의 한 여자가 파라솔을 들고 뭐라 대화하며 걸어 가고 있는 뒷모습. 그 옆에 남자.

인숙 (E)   오래 기다리셨죠?

인숙이 손에 꾸러미를 들고 나온다.
저만큼 걸어가는 여인의 뒷모습을 보고 있는 윤을 의아해서 쳐다 보며

인숙   왜 그러세요?

윤   (웃으며) 응, 아무 것도 아니야. 뭘 좀 샀나? 내가 골라 준대두…

인숙   여자들 속옷 사는 데 남자는 불참하는 법이에요. (다소 요염한 눈길로 윤을 보며) 아주 아주 가까운 사이라면 또 모르지만…

윤, 말없이 걸어 가는 여인들의 뒷모습을 줄곧 보고 있는 것을 깨달은 인숙, 다시 의아해서

인숙   아는 사람들이에요? 오오라. 사모님이 저렇게 생기셨어요? 한 번 봐야지.

윤, 빙그레 웃는다.

인숙, 빠른 걸음으로 여인의 옆과 앞모습을 살짝 훔쳐 보고 돌아 와서

인숙   저렇게 생기셨으면 아내 같지 않고 누님 같아 든든하겠네요.

윤, 싱긋 웃고 인숙의 볼을 손가락으로 살짝 찌르며

윤   눈치만 살아서…

73 —— 이모집 앞 골목 (낮)

이모가 한 손에 전보를 쥐고 골목을 달려 나오고 있다.

74 —— 광장 (낮)

광장을 빠른 걸음으로 가로 지르는 이모.

75 —— 우편국 전화 박스 안 (낮)

비좁은 박스 안에 전화, 전보계 직원이 수화기를 들고 있다. 그 곁에 이모가 전보를 내 보이며 서 있다.

직원   (이모에게) 거기가 틀림 없습니까?

이모   글쎄… 얼핏 듣기에 그런 것 같던데. 아무튼 한 번 걸어 봐 주시오.

76 —— 약방 (낮)

김치선이 전화를 받고 있다.

김치선   예? 아 예 오셨습니다… 서울에서요. 예, 예. 일루 다시 들르시기루 돼 있습니다. 예 예. 그럼 전보 내용을 불러 주실라요? 잠깐만 기다리시오. (메모지에 받아 쓸 준비를 하며) 자 부르십시오.(받아 쓰며) 사. 태. 호. 전. 안. 심. 하. 고. 무. 진. 에. 서. 기. 다. 릴. 것. 진. 예, 예. 알았습니다. 예 예.

77 —— 극장 앞 길 (낮)

극장은 번잡한 큰길에서 좀 떨어져 들어 앉은 곳이다.

극장에서 나오는 두 사람.

햇볕에 눈이 부신 듯 눈을 찡그리며

윤, 호주머니에서 안경 케이스를 두 개 꺼내어 그 중 하나
를 인숙에게 주고 자기 것을 꺼내 쓴다.

의아하여 받아 드는 인숙, 꺼내 보면 여자용 색안경이다.

활짝 웃으며 색안경을 쓰고 사방을 둘러 보면 (화면 어두
워진다.)

색안경을 통하여 보이는 극장 앞 풍경.

윤   글쎄 그렇다니까…

인숙   공연히 시간만 버렸어요.

윤   (웃으며) 아까 먹은 냉면보다 더 맛없더군.

인숙   너무 너무 시시하죠? (잠시 머뭇거리다가) 그런데
         아까 극장 안에서 저 옆의 허여멀건한 남자 뭘 했
         게요?

윤   왜. 마음에 들었던 모양이군.

인숙   아녜요. 저를 줄곧 곁눈으로 보면서 정신적 간통

을 하고 있었어요.

윤   (어이 없다는 듯 웃으며) 그저 못 하는 소리가 없으니…

깔깔대는 인숙을 내려 보는 윤.

78 ── 큰길 옆 강냉이 튀김 행상 앞 (낮)

강냉이 튀김 장수가 앉아 있고 튀김 장수를 둘러 싸고서
있던 아이들이 귀를 막으며 뿔뿔이 도망가고 있다.
안경을 벗고 윤으로 하여금 강냉이 장수 쪽이 보이지 않
도록 유도하며 걷기 시작하는 인숙.
다음 프로 간판(서부의 사나이가 권총을 겨누고 있다.)
을 눈으로 가리키며

인숙   다음 프로는 재미 있겠어요.

간판을 올려다 보는 윤.
강냉이 장수 쪽을 슬쩍 곁눈질 하는

인숙   (느닷없이 남자의 목소리로) 손 들엇!

동시에 "쾅" 하고 강냉이 터지는 소리.
놀래서 휙 돌아다 보는 윤.
인숙, 소리 높이 웃는다.

79 —— 번화한 길 (낮)

강냉이 봉지를 하나씩 들고 소리 높이 웃으며 걸어 가는
두 사람.
모두 색안경을 쓴 채 강냉이를 쉴새 없이 꺼내 먹는다.

80 —— 슬랏트머신 집 안 (낮)

한참 동안 돌아 가다가 멎는 슬랏트머신 다이알 종이 나
란히 선다.

와르르 쏟아지는 코인. 좋아서 깡충깡충 뛰는 인숙.
좋아서 입을 딱 벌리는 윤.

81 —— 금붕어 행상 안 (낮)

커다란 어항 속을 휙휙 젓는 손 그물. 풍비박산나는 금붕
어들.
각각 한 마리씩 빠르게 그물 치는 윤과 인숙.

인숙 (금붕어에게) 도루 놔 줄게. 시원한데 잘 놀아라.

윤, 옆에 놓인 붕어 밥을 한 상자 사서 여러 어항 속에 넣
어 준다.
웃으며 팔짱 끼고 다시 걷기 시작하는 두 사람.

82 —— 공원 안 (낮)

미끄럼틀에서 빠르게 내려가는 윤.

뒤이어 쏟아져 내려오는 인숙.

엉덩방아를 찧고 주춤주춤 일어나는 윤의 등에 덮치는
인숙. 두 사람 웃으며 나둥그러진다.

83 —— 공원 안 (낮)

인숙이 달리면서 한 손에 잔뜩 든 풍선을 하나씩 날린다.

윤이 뒤따르면서 인숙이 날린 풍선을 잡으려 한다. 대부
분을 놓친다.

달리고 뒤쫓는 두 사람. 모두 왼손에는 콘 아이스크림을
들고 있다.

84 —— 골목 길 (낮)

땅 바닥을 빠르게 굴러 오는 공.

아이들 (E)   공 좀 차 주세요.

공을 멋지게 차는 윤.

공은 엉뚱하게 근처 집 안으로 날아 간다.

집 안에서 들려 오는 쨍그렁하고 깨지는 소리.

아이들 우르르 도망가 버린다.

윤도 인숙의 팔을 잡아 끌며 뛰기 시작한다.

도망가는 두 사람.

어느 골목까지 달려 와서 마주 잡고 헐떡거리며 깔깔거

리는 두 사람의 시선이 차츰 의미있게 교차된다.

얼굴에서 웃음 사라지고 안타까운 눈길로 마주 보고 있

는 두 사람.

윤, 슬며시 팔목시계를 내려다 본다.

공원 나무에 걸려 있는 풍선을 보며

인숙   (신음하듯) 얼마 남았죠?

윤   사십 분가량⋯

인숙   (얼른 명랑하게) 아까 말한 그 남자들 좋아하는 곳으로 안내할게요.

윤의 손을 잡고 명랑하게 달리기 시작한다.

85 —— 방가로 스타일의 맥주 집 (저녁)

비치 파라솔 사이로 들어오는 인숙과 윤, 자리를 잡고 앉
는다.
색안경을 벗어 호주머니에 넣는 윤.
명랑한 체 하며 윤에게 색안경을 다시 쓰라고 손짓하고
나서

인숙   우리 해수욕장에 온 기분 내요 네?

윤도 명랑한 체, 도로 꺼내 쓴다.
손으로 턱을 괴는 두 사람. 미소하며 서로를 보고 있다.
웨이터를 멋있게 손가락을 튕겨 부르는

인숙   (미소 띤 채) 다시 한 번 짬 내서 내려 오세요. 무진
에서 오십 리쯤 떨어진 곳에 수영하기 알맞은 곳

이 있대요.

윤   (미소하며) 그래. 정말 좋은 해수욕장이 될 수 있
         는 데가 많지.

인숙   (웃으며) 아차. 무진 토배기 앞에서…

윤   (미소한 채) 인숙이도 이제 무진 사람이잖아.

         고개를 저으며

인숙   (응석부리듯) 싫어요.

         웨이터가 다가와 무얼 주문하겠느냐는 듯 허리를 굽힌다.

인숙   (턱을 괸채) 뭐 좋은 술 없어요?

웨이터   (웃으며) 맥주밖엔 없습니다. 미안합니다.

인숙   그럼 할 수 없죠. 맥주…

웨이터   (허리를 굽히며) 네에.

         웨이터 돌아서 간다.

윤   (놀리듯) 자신 있어?

인숙   (미소한 채) 염려 마세요. 술 마실 줄 모르는 체 했던 건 괜히 얌전 빼느라구 그랬던 거예요.

역시 턱을 괸 채 싱긋 웃는 윤.

윤의 색안경을 통해 본 인숙의 모습. (화면 어두워진다.)

두 손으로 턱을 괴고 미소를 띠고 있는 인숙.

(잠깐 화면 밝아지고) 두 사람의 옆 얼굴들.

인숙의 색안경을 통해 본 윤의 모습. (다시 화면 어두워진다.)

한 손으로 턱을 괸 채 엷은 미소를 띠고 이쪽을 바라 보는 윤.

다시 윤이 본 인숙.

다시 인숙이 본 윤.

역시 어두운 화면에 4홉들이 맥주 2병과 잔 2개가 하나씩 하나씩 놓이며 윤의 모습이 차차 가려진다. (화면 밝아진다.)

웨이터가 맥주 병 마개를 따서 따른다. 인숙의 잔에 넘치는 맥주 거품.

인숙, 웨이터 손에서 맥주 병을 받아 쥐면

웨이터, 따개를 놓고 돌아서 간다.

인숙, 윤을 응시한 채 천천히 윤의 잔에 맥주를 따른다.

명랑한 체 건배를 하고 마시는 두 사람. 서로 눈으로 말하는 듯 응시를 계속한다.

시선 서로 컷 갈리면 서로 꿀꺽꿀꺽 둘러 마신다. 둘 다잔을 깨끗이 비우는데 거품만 가라 앉아 있다. 그 뒤에 다시 부어지는 맥주.

인숙   (명랑하게) 서울에 내리시면 제일 먼저 뭘 하실 생각이세요?

생각하는 체하다가

윤   역원에게 기차 표를 내야겠지.

인숙   그 다음에는요?

다시 생각하는 체하다가

윤   택시를 잡겠지…

인숙   자가용이 나와 있겠죠. 뭘.

윤   (웃으며) 참 그렇겠군.

인숙   자가용 안에는 부인이 앉아 있겠구요.

윤   (웃으며) 참 그렇겠군.

인숙   다녀 왔다는 인사 표시로 부인에게…

윤   (말을 가로 채며) 인숙인 무진에 돌아 가면 첫 번에 뭘 할 생각이야?

인숙   글쎄요. (생각하는 체 하다가) 옷을 벗겠죠.

윤   그리고?

두 사람의 미소는 사라져 간다.

인숙   그리고… 음… 라디오를 켜겠죠?

윤   그리고?

인숙   라디오에선 잡음이 많이 나오니까 얼른 꺼버리겠죠?

윤의 질문 없이도 혼자 계속한다.

벽에 붙여 놓은 사진들을 보겠죠? (말투를 바꿔서) 너무 봐서 정말 이젠 싫증이 났어요. (아까의 말투로 돌아 가서) 에 에… 그러니까 다 찢어 버리겠죠? 한바탕 울겠죠? 안 울지도 몰라요. 그리고 에… 자리에 눕겠죠?

눈시울이 더워지는 듯한 윤, 왼손을 천천히 인숙의 오른손 쪽으로 뻗는다.
윤의 손이 탁자를 쓸며 천천히 인숙의 손 쪽으로 다가 간다.

인숙의 말은 계속되고 있다. 그러나 울먹임을 억제하는
듯한 메인 목소리.

인숙 (E)   개구리 울음 소리가 들려 오겠죠? 잠깐 선생님
생각이 날지도 모르죠?

와락 인숙의 손을 움켜 쥐는 윤의 손. 잠깐 멈칫하는 인숙
의 손.
그러나 다음 순간 격정적으로 얽히는 두 사람의 손. 온 몸
을 부비듯이 두 사람의 손들은 서로 부비기 시작한다.
안타까운 얼굴로 인숙을 보며 인숙의 손을 부비고 있는 윤.
울음을 참느라고 고개를 숙이고 손을 윤의 손에 맡기고
있는 인숙.
인숙, 갑자기 고개를 돌리며 일어나 물건 꾸러미는 탁자
위에 그냥 둔 채 빽만 들고 뛰어 나간다.
발딱 일어서서 뛰어가는 인숙의 뒷모습을 보다가 잡히는
대로 돈을 탁자 위에 놓은 다음 물건 꾸러미를 들고 인숙
의 뒤를 쫓아가는 윤.
탁자 위의 돈이 바람에 날린다. 웨이터 황급히 달려와 돈
을 눌러 쥐며 멀리 달려가는 인숙과 윤의 뒷 모습을 바라
본다.
인숙이 택시를 세우고 있는 게 보인다. 인숙의 곁에 도착
하는 윤. 인숙을 먼저 태우고 자기도 타는 게 보인다. 택
시 달리기 시작한다.

어리둥절한 표정으로 여태까지 손으로 누르고 있던 돈을
내려다 보는 웨이터.

86 —— 약방 앞 길에 서 있는 택시 안 (저녁)

택시 안 뒷좌석에 색안경을 쓴 채 앉아 있는 인숙, 슬프고
초라해 보인다.
색안경을 쓰지 않은 윤이 가방을 들고 약방에서 나오고
뒤따라 나오는 김치선에게 유쾌히 손을 흔들고 나서 기
쁜 표정으로 달려 와서 택시 문을 열고 들어와 인숙의 곁
에 털썩 앉으며 기쁜 얼굴로 인숙의 한 손을 덥썩 끌어 쥐
며 다른 손으로는 택시 문을 세차게 닫고

윤   (운전수에게) 무진으로 갑시다.

        의아해서 윤을 돌아보는 인숙.
        이상하다는 얼굴로 돌아 보며

운전수   네? 역으로 가는 게 아닙니까?

윤   무진으로 곧장 갑시다.

운전수   (신이 난 듯) 네에. 지금 몇 시죠? (택시, 달리기 시작
          한다.)

윤   일곱시 이십 오분입니다.

          웃음 띤 얼굴로 인숙을 돌아보는 윤.
          색안경을 벗어 빽 속에 넣으며 놀란 얼굴로 윤을 보고 있
          는 인숙. 눈과 볼에 눈물을 흘린 자국이 있다.
          윤, 한 팔로 인숙의 등 뒤를 감싸 안고 다른 손으로 어찌
          된 영문인지 알고 싶어하는 인숙의 눈물 자국 있는 볼을
          쥐고 왼뺨에 자기 뺨을 대며

윤   (속삭이듯 나직이) 우린 헤어지지 않는다.

87 ── 시골 길 (저녁)

          달리고 있는 택시 뒷 창에 옆에 앉은 인숙에게 뭔가 열심
          히 설명하고 있는 윤의 모습이 비친다.

88 —— 다른 시골 길 (저녁)

먼지를 날리며 달리고 있는 택시 심하게 덜커덕거린다.

89 —— 달리는 택시 안 (저녁)

달리고 있는 택시 안 좌석에 인숙이 윤에게 비스듬히 기대어 앉아 있다.
두 사람 손을 잡고 앉아 있다.
운전수, 신이 나서 목청을 돋우어 노래를 하고 있다.

90 —— 갈림길 (반)

무진 읍이 보인다. 읍내로 들어 가는 큰길과 바다로 빠지는 길이 교차하고 있는 곳을 지나치는 택시.
급정거 한다.

달빛이 밝다.

91 —— 택시 안 (밤)

윤   (인숙에게) 바다?

           인숙 미소하며 고개를 끄덕인다.
           빨리 명령만 하라는 듯이 돌아 보는 운전수에게 방죽 길
           을 가리키며

윤   이 쪽으로 갑시다. 바다 쪽으로요.

운전수   바다라. 바다… 좋오치요.

           택시를 급하게 후진시킨 다음 길게 뻗은 방죽길을 달린
           다.

92 —— 바다가 보이는 언덕 (밤)

달빛이 휘황하다.

차에서 내리는 윤과 인숙.

윤이 운전수에게 돈을 주고 있다.

돈을 받아 든 손으로 빠이빠이를 표시하고 나서 운전수

차를 돌린다.

93 —— 바닷가 (밤)

황막한 바닷가다. 파도 소리 제법 크다.

윤이 인숙을 껴안고 걸어 간다.

파도 소리.

94 —— 다른 바닷가 (밤)

두 사람이 서로 기대서 걸어 간다.
파도 소리.

95 —— 바닷가 언덕 (밤)

바다 전경이 내려 보이는 언덕에 두 사람 앉아 있다.
화면 가득히 두 사람의 얼굴 마주 보고 있다.
조용히 손을 올려 인숙의 볼을 감싸 당기여 뭔가 사랑의
고백 같은 것을 말하려 할 때, 인숙 말할 필요가 없다는
듯 윤의 입술을 자기 입술로 막아 버린다.
격정적으로 안고 안긴 윤과 인숙의 열렬한 키스 씬.
파도 소리.

96 —— 모래 사장 (밤)

두 사람 격정적으로 얽혀 있는 정사 씬.
상징적인 파도 소리.

97 —— 같은 장소 (밤)

얽혀 있는 두 사람의 격정 가라앉으면 잔잔히 담배 연기
피어 오른다.
인숙의 눈 속을 들여다 보며 조용히 인숙을 애무하는 윤,
인숙의 볼에 의미 없는 낙서를 하며

윤   세상에 착한 사람이 있을까?

인숙   착하게 봐주려는 마음이 없으면 아무도 착하지
         않을 거예요… 선생님은 착한 분이세요?

윤   인숙이가 믿어주는 한…

인숙   선생님… 자기 자신이 싫어지는 것을 경험하신
         적이 있으세요?

와락 인숙을 껴 안고 인숙의 볼에 자기의 볼을 부비고 손
으로 인숙의 머리를 쓰다듬으며 먼 바다를 보면서 어떤
집념을 떨쳐 버리려는 듯, 그리고 자기 자신에게 다짐하
듯.

윤   항상 이렇게 생각하기로 해. 내 자신은 멋진 놈이
      다. 내 자신은 아름다운 놈이다. 내 자신은 사랑
      스러운 놈이다. 내 자신은…

다시 격정적으로 윤의 입을 막아 버리는 인숙의 입술.
파도 소리.
다시 긴 키스 시작된다. 막 입술 떨어지자마자 가슴에 윤
의 얼굴을 안고 윤의 머리에 자기 볼을 대고 윤의 머리를
쓰다듬으며 눈물을 글썽이는

인숙   (속삭이듯) 불쌍한 분… 자신을 가지고 사세요. 도
      망가시지 말고 부딪쳐 보세요. 자기 의지로.

인숙은 위에서 내려다 보고, 윤은 아래에서 올려다 보며
눈물이 글썽이는 눈으로 서로를 응시하는 두 사람.
또 한 번 조용히 껴안는 두 사람.
파도 소리.

98 —— 방죽 (밤)

무진으로 뻗은 긴 방죽이다.

윤이 인숙을 다정히 안고 걸어 온다.

바다 쪽에서 안개가 서서히 밀려든다. 파도 소리 거세지
는 듯.

두 사람은 마치 안개로부터 피하여 가는 것 같다.

걸으며 조용히 윤의 가슴에 머리를 대고 올려다 보는

인숙　　　선생님. 저 서울에 가고 싶지 않아요. 여기 계시
　　　　는 동안만 선생님을 사랑할 작정예요.

좀 더 힘주어 인숙의 어깨를 껴안으며

윤　　　　우리 서로 거짓말을 하지 말기로 해.

좀 더 윤의 가슴에 파고 드는 인숙.

걸어 오는 두 사람을 안개가 밀려와 점점 휩싸 버린다.

무진 읍을 향하여 밀려가는 안개 속을 한없이 걸어가는
두 사람.

파도 소리.

99 —— 이모집 마당 (이른 아침)

(E) 윤의 콧노래 소리 들린다.

웃통을 모두 벗고 손거울을 보며 비누거품을 면도하고
있는 윤.

형사 가 (E) 윤기준 씨 계십니까?

문득 면도를 멈추고 거울 안을 보면 대문 안에 형사 같은
사람이 들어서 있는 것이 보인다.

얼굴에 묻은 비누 거품을 타월로 급히 닦고 대문 쪽으로
돌아서 가는 윤의 표정이 굳어진다.

형사 나 윤기준 씨죠?

윤, 대답이 없다.

잠시 후 체념한 얼굴로 오히려 늠름하게 웃음까지 띠고
있는

윤 무진을 떠날 때까지는 제 체면을 좀 봐 주셔야겠
습니다.

멀리서 밤 새워 오신 걸 생각해서라도 비열한 행
동은 하지 않겠습니다.

100 ── 이모 집 안 (이른 아침)

윤이 정장을 하고 구두끈을 매고 있다.
이모, 한약 봉지를 윤의 슈트케이스에 넣으며

이모　　(섭섭히) 원, 급하기두. 무슨 놈의 회사 일이 그렇게 굉장하냐? 동에 번쩍 서에 번쩍 온통 야단이군.

윤　　(일어서며) 서울서 하는 일은 다 그래요, 이모님. 편지할게요.

약사발을 내려 놓으며

이모　　이거 마시구 가거라.

윤이 마신다.
형사들 마당에서 서성거리며 담배를 피우고 있다.
주먹으로 입을 가리며 하품하기도 한다.
다 마신 뒤에 약사발을 마루에 놓으며

윤　　이모님, 나오지 마세요. 편지 쓰겠습니다. (명랑하게) 안녕히 계세요.

돌아서 대문 쪽으로 가는 윤.

이모, 윤의 뒤를 따른다.

101 ── 골목 안 (이른 아침)

검은 찦차가 보인다.

형사들과 윤, 걸어 나온다. 집 담 곁에 서 있는

이모   (형사들에게) 전무님 잘 모시고 가게. (윤에게) 장인 장모 어른께 안부 전해라. 그리고 넌 몸 조심하구.

형사들, 웃으며 고개를 돌린다.

윤, 돌아보며 명랑하게 이모에게 웃어 보인다.

102 —— 골목 입구 (이른 아침)

열리지 않는 구멍 가게의 판자문을 열심히 두드리고 있
는 벙어리 아이, 발로 차기도 한다.

골목은 나오는 윤 일행.

차에 오르는 세 사람.

그들을 멍하니 바라보고 서 있는 꼬마와 이모.

103 —— 찝차 안 (이른 아침)

멍하니 뒷좌석에 앉아 있는 윤.

형사 한 사람이 마지막으로 차에 오르고 문을 닫는다. 차
떠난다.

형사   (묘한 웃음을 짓고 윤에게) 전보 받았죠?

형사들, 의미 있는 웃음을 주고 받는다.

윤, 속은 것을 알고 비참한 표정이 된다.

형사   (시계를 보며 운전수에게) 갑시다. 기차 시간에 대려

면 속도를 좀 내야겠는걸.

차, 달리기 시작한다.
문득 정신을 차린 듯한 윤.

윤   (당황한 음성으로) 한 군데만 들렀다가 갑시다. 부
        탁합니다.

앞 자리에 앉은 형사 돌아 보다가 운전수에게 승락한다
는 눈짓을 한다.
운전수, 유턴을 하려고 핸들을 돌리면 차에서 내다 보이
는 풍경 돌기 시작한다.

104 ── 달리는 찝차 안 (이른 아침)

손바닥으로 코를 찌그러뜨리며 잠시 무엇을 생각하는 듯
한 윤.
할 수 없다는 몸짓을 지어 보이며

윤   이거 미안합니다. 차를 도로 돌려 주십시오.

105 —— 길 (이른 아침)

90도 돌려던 차가 360도를 돌아 간다.

106 —— 광장 (이른 아침)

달려 와서 다방 앞에 서는 찧.

107 —— 다방 안 (이른 아침)

윤이 카운터에 배를 대고 서서 마담을 기다리는 동안 백
지를 놓고 있다.

(INSERT)　　인숙이… 로 시작되는 편지.

윤, 가끔 붓방아를 찧으나 퍽 빠른 속도로 써내려 간다.

소년 종업원이 탁자 위에 올려 놓았던 의자를 내리면서
형사와 윤을 흘낏흘낏 쳐다 보고 있고 형사.
하나는 선 채 관심 없이 시화전 작품들을 하나하나 보고
있고 다른 형사는 의자에 앉아 있다.
잠옷 바람으로 주방으로 통하는 샛문에서 나오는 마담,
윤을 보자 반가운 표정으로

마담   이른 아침부터 웬일이야?

            카운터를 사이에 두고 마주 보는 두 사람, 친밀한 미소를
            교환한다.
            형사들을 의심스럽게 곁눈질하는 마담.

윤   작별 인사 하러 왔어.

마담   (쓸쓸한 동정의 웃음을 띠면서) 산통이 깨졌군.

윤   (웃으며) 제 힘 안 들이고 차지한 성공의 끝장답
            게…

            잘 안다는 듯 미소 짓고 고개를 끄덕이는 마담.

윤   (정색하고) 부탁이 하나 있어. (형사들 쪽을 곁눈으로
            힐끗 보고 나서) 내일 여기 오는 신문을 미리 좀 몽
            땅 없애 줄 수 있을까?

어리둥절하다가 묘한 미소를 띠는

마담   어차피 다 알게 될걸 뭐.

윤   오늘만이라도 넘기자 이거지.

윤 말하며 다시 편지를 쓰려는데, 형사 시계를 보며 다가
와 윤의 곁에 선다.
형사를 힐끗 보고 굳어지는 윤, 편지를 쓰고 있을 정신적
여유가 없는 눈치다. 편지 종이를 구겨서 오른손에 꼭 쥐
고 돌아서는 윤, 나가면서 마담을 돌아보고 히죽 웃는다.
마담, 가여운 듯 느릿느릿 윤을 뒤따른다.

108 ── 광장 (이른 아침)

차에 오르는 윤을 마담이 문틀에 기대 서서 보고 있다.
광장을 휙 돌아다 보고 찚차에 오르는 윤.
엷은 안개 낀 새벽 광장을 서서히 달리기 시작하는 찚. 점
점 속력을 올리며 무진을 벗어나는
길을 달리고 있다. 안개 속에 헤드라이트가 줄기로 뻗는다.

109 —— 찜차 안 (이른 아침)

윤, 쓸쓸한 표정으로 밖을 내다 본다. 새벽 거리 독특한
반수면 상태의 거리 풍경이 지나간다.

오른손에 꿍쳐 쥔 편지 종이를 이번에는 두 손으로 꼬깃
꼬깃 접고 있는데 무겁고 비통하게 들리는 윤의 소리.

엷은 안개 속의 풍경이 휙 휙 창밖을 지나간다. 넋을 놓고
뒷좌석에 앉아 있는 윤의 옆얼굴이 흔들리고 있다.

(N) 갑자기 떠나게 되었습니다. 찾아 가서 말로써 오
늘 제가 떠나는 연유를 알리고 싶었습니다만, 말
이란 항상 뜻밖의 방향으로 나가 버리기를 좋아
하기 때문에 이렇게 글로써 알리는 것입니다. 간
단히 쓰겠습니다. 인숙이. 사랑하고 있습니다. 왜
냐하면 당신은 제 자신이기 때문에, 아니 적어도
제가 어렴풋이나마 사랑하고 있는 옛날의 저의
모습이기 때문입니다. 저는 옛날의 저를 오늘의
저로 끌어다 놓기 위해 저 자신의 노력을 다한 일
은 없습니다만, 당신을 햇볕으로 끌어다 놓기 위
하여는 있는 힘을 다할 작정이었습니다. 저는 방
금 오늘의 제가 무척 행복한 곳에서 살고 있는 듯
이 썼습니다. 그러나 인숙이, 인숙이… 뭐라고
써야 할지 모르겠습니다. 이 순간에 생각나는 것

은 다만 인숙의 웃는 얼굴과, 어제 저녁 인숙이 나에게 해준 말뿐입니다. 자신을 가지고 살아가라, 도망하지만 말고 부딪쳐 보라는 얘기 말입니다. 그런데 인숙이, 나는 너무 늦어 버렸습니다. 인숙이, 당신이 들려 주던 그 말을 떠나면서 나는 당신에게 돌려드리고 싶습니다. 진심으로 돌려드립니다. 자기 자신이 싫어질 일을 하지 않으면 안 되게 됐을 때, 인숙이, 그때마다 항상 안개 속에서 버둥거리던 한 사나이를 생각해 주십시오. 진심으로 부탁합니다. 그 한 사나이를 생각해 주십시오…

허탈한 눈으로 창 밖을 내다 보면 뿌연 안개 속에 무진의 새벽 상가가 지나가고 선명한 이정표가 보인다.

이정표 〈안녕히 가십시오. 당신은 무진 읍을 떠나고 있습니다〉

빙 돌아 뒷면에는 〈어서 오십시오. 당신은 무진 읍으로 들어오고 있습니다〉

안개 속으로 점점 멀어지는 그 이정표에서 조그만 "끝" 자 나타나 커진다.

김승옥 각본

안
개

초판 인쇄 2022년 12월 10일
초판 발행 2022년 12월 15일

지은이   김승옥
펴낸이   김상철
발행처   스타북스
등록번호 제300-2006-00104호
주소   서울시 종로구 종로 19 르메이에르종로타운 B동 920호
전화   02) 735-1312
팩스   02) 735-5501
이메일   starbooks22@naver.com
ISBN   979-11-5795-664-7 03810